指尖花开
-03-

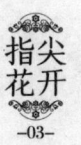

长夏不逝

大鱼文化 —— 编著

贵州出版集团
贵州人民出版社

图书在版编目（CIP）数据

长夏不逝 / 大鱼文化编著. -- 贵阳 : 贵州人民出版社, 2016.9（2020.3重印）

ISBN 978-7-221-13436-3

Ⅰ.①长… Ⅱ.①大… Ⅲ.①短篇小说－小说集－中国－当代 Ⅳ.①I247.7

中国版本图书馆CIP数据核字(2016)第192720号

长夏不逝

大鱼文化 编著

出 版 人	苏 桦
出版统筹	陈继光
选题策划	大鱼文化
责任编辑	谭芳芳
流程编辑	潘 媛
特约编辑	廖 妍 李文诗
装帧设计	Insect
内页设计	米 籽
封面绘制	长 乐 Cain酱
出版发行	贵州人民出版社（贵阳市观山湖区会展东路SOHO办公区A座 邮编：550081）
印 刷	三河市华东印刷有限公司
开 本	880×1230毫米 1/32
字 数	220千
印 张	8
版 次	2016年10月第1版
印 次	2016年10月第1次印刷 2020年3月第2次印刷
书 号	ISBN 978-7-221-13436-3
定 价	42.00元

目录

听言 001

梦里有风居住的街道 / 002
我这里没有同情,只有交易。

他来了推理继续 / 014
爱,永远不会是悲伤,而是救赎。

同学你有社恐症需校草一味帅气三钱 / 028
人啊,不要太有好奇心,不然会有无妄之灾哟。

我才不管!乌鸦嘴也要心跳练习 / 044
来,跟着我念,你要喜欢我一辈子。

狭路相逢胆小扑 / 058
我已经很久没触到阳光了,和你的名字一样,很暖。

招魂师什么的最讨厌了 / 070
你猜傀儡师到底能不能让灵魂互换呢?

目 录

083 惜 时

084 / 啪啪小狐仙
狐仙的名字是不能告诉别人的，可你不一样。

097 / 伞妖大人是妹控
你只要等我回来就好，笨蛋青玉。

111 / 少年，三个愿望好像不够
早在我没发现的时候，我就已经很在乎你了。

124 / 帅即正义！芹菜也吃人
妖又如何，你不也是妖，还不是纠缠着她？

138 / 闻君要起飞，本鸡好心碎
一切都好似大梦一场，唯独心中留出一片空白。

153 / 我家翡翠变成小人了
只要你不哭，我什么都能做到。

167 / 妖精住在芒果园
她梦里的那个少年，其实就是他吧。

目录

不忘 181

皇上！臣妾是汐妃啊 / 182
充满欢笑声的世界，比那座金碧辉煌的冰冷宫殿好多了。

没有人可以拒绝我林弯弯 / 195
如果我能回到过去，我一定会先去与你相遇。

美貌租赁师 / 205
难道人长得漂亮，在生活中就该有特权吗？

怒摔！人家穿越我穿针 / 218
这一次，却再也没有人懒洋洋地喊他"笨蛋"了。

千年老二很不爽 / 233
他从来都不想衣锦锦喜欢别人，他原来一直喜欢着她。

经典重温 245

夏
长不逝

CHANG XIA BU SHI

听 言

CHANG
XIA
BU
SHI

我这里没有同情,
只有交易。

梦里有风居住的街道

文/蒹葭苍苍

图/冥千洛 Cain 酱

1. 告诉我吧，你的愿望

黄昏，阿悠在学校后门的小街上游荡。她没什么朋友，孤独地游荡是日常模式。其实，她也渴望有人陪她游荡，分享她爱吃的甜品，也分享她的悲喜。当然，那个人如果是楚子原就更好了。

楚子原是一个完美又充满魅力的男生，几乎人人都喜欢他。

不过，幸运精灵偶尔也会降落在阿悠的肩膀上。明天，她将与楚子原同台合奏，她的二胡与他的钢琴，将在一首名叫《风居住的街道》的曲子里，演绎一场奇妙的音乐恋情。

阿悠很欣喜，但她内心的深渊却试图将她的欣喜吸进去。

深渊里沉坠着她的过去。她恨不能忘记的过去。

阿悠走过一片红砖墙，粉色蔷薇在墙头盛开。一只蝴蝶飞过来，停在阿悠的裙摆上。它巨大如风筝，双翅闪耀着瑰丽光泽。阿悠不害怕。当蝴蝶飞起时，她像被牵引般跟在它身后。

她跟着蝴蝶，穿过一座石桥，走进一片老旧的街道。

街道尽头，一栋色彩鲜亮的新房子矗立着。蝴蝶飞了进去，阿悠的双脚也不由自主地迈动。这是一家店，橱窗摆满蝴蝶标本，它们形态各异，色彩斑斓，栩栩如生，它们都很巨大。

一个年轻男人走过来，他穿着华丽的汉服，五官妩媚，像是从古装影视剧走出来的人，他向阿悠优雅地鞠躬："阿悠小姐，欢迎来到蝴蝶馆，告诉我吧，你的愿望。"

"我的愿望？你在拍戏吗？"阿悠很吃惊，"你怎么知道我的名字？"

"我是南海蝴蝶君，我知道世上每一件事，包括你的名字，你的愿望。"他微微一笑，"只要你亲口说出，我就能为你实现。"

阿悠后退一步："我……没有愿望。"

"没有愿望的人，不会看见我的蝴蝶，更不会走进我的店。"

心里的深渊在咆哮，一阵气流冲破阿悠的喉咙："我想忘掉来音乐学校之前的经历。"这是阿悠最强烈的愿望，她并不想说，可它却擅自冲了出来。

"那好，让我先看看那些经历吧。"

我就看看他能做什么好了。阿悠想，她仍然不怕。在这世上，没有什么比那段暗黑阴冷的成长，更令她害怕。

2. 不要钱，我要你的梦

阿悠在桌旁坐下。

记忆如黑白电影一幕幕在阿悠的脑海里上演,蝴蝶君的声音也如旁白响起:

"你是一个弃儿,被一群流浪的大人收养,在阴沟一样的环境里,像老鼠一样长大。你周围还有许多跟你一样的孩子,他们被大人逼着去乞讨、卖花,甚至做小偷。

"你九岁时从那儿逃了出来,遇到一个拉二胡的老人。老人很喜欢你,他教你拉二胡,也教你认字,给你讲故事,当然,你也得去街头卖艺。为了更多同情,老人让你戴上盲镜。

"你十四岁时,一个男孩常来看你拉琴,也给你送来奶茶和面包,他还对你说,他喜欢你的琴声。可后来,男孩揭穿了你。

"那个冬天,老人死了,你一个人在街头卖艺,音乐学校的教授发现了你,你通过了学校的特招考试,得到全额助学金,也成就了今天的你。"

安静了一会儿,蝴蝶君又说:"果然是悲伤的经历呢。"

"是的,它让我觉得自己污秽,很可耻,不配拥有现在的生活,不配跟同学做朋友,更不配喜欢那个人,不配跟他合奏……"阿悠小声说,"所以,我故意表现出冷傲的样子,不肯跟大家走近。"

"我来帮你把它抹去。"蝴蝶君说,"不过,我也要收取相应的代价。"

"我没有很多钱。"阿悠说。

"不要钱,我要你的梦。"蝴蝶君妩媚一笑,"你常梦见它们吧?是噩梦吧?交易一旦完成,你就不会再梦见了。"

阿悠的身体狠狠一颤:"可我也会做美丽的梦啊,梦见我和那个人在星空下在奔跑,梦见他握着我的手,梦见自己奏出了最好听的音乐……"

"那些过去一直在阻挠你。对不对?忘掉了它们,你才能无所顾忌地前进,到时候,你的美梦自然就会实现啦。"蝴蝶君循循善诱。

阿悠闭上眼,握了握拳头:"好吧。"

3. 简直就像个木偶！苍白！空洞！毫无感情！

这天晚上，阿悠没有做梦，她在睡眠中像一块坠入深海的石头。

第二天清晨，阿悠醒来，她一片茫然，我是谁？从哪里来？曾度过怎样的时光？但她知道，她是阿悠，演奏动听的二胡是她活着的理由，她喜欢的男生叫楚子原，而今天，将是她新生的日子。

这些就够了。

这是国际艺术交流节的舞台，她和楚子原的合奏是学校精心筹备的项目。这次机会，也是她用刻苦努力换来的，她将用琴声展现自己的才华，也将在琴声里对楚子原告白。她心里的深渊已经消失，再没有阻碍。

她穿上洁白的裙子，抱着二胡款款走上舞台；另一端，楚子原穿上黑色的礼服，翩翩而来。阿悠在琴凳上轻轻坐下，挺直了脊背，深深呼吸。

一阵微妙的气流划过，钢琴声从楚子原的指间淌泻而出，阿悠用心聆听。

可是，不对！她只能听到哆来咪发唆，却无法捕捉蕴含在琴声里的感情！那是排练时，无比熟悉的深情呼唤啊！她此时竟听不见，无法感应到！

这在她拉琴的许多年，还是第一次。她惊慌得手心冒汗。

轮到她了，她抬起手腕，挥动琴弓，滑过琴弦。那些虔诚的努力，已让她的身体与琴融为一体。即使感情缺失，她仍然能用技巧拉出漂亮的音符。可音符越是漂亮，感情的空洞就越发明显。两人合奏时，她的内心一片荒凉空白，这可怕的无力感，几乎将她击倒在地。

演奏结束，他们回到后台。指导老师冲她嚷："阿悠今天怎么回事！你忘了把心带上是不是！简直就像个木偶！苍白！空洞！毫无感情！"

教授拍拍她的肩，安慰她："也没有那么糟啦，但你今天的表现，我也不太满意，你脸色也好差，是不是病了？"

阿悠忏愧无言。楚子原也正在旁边看着她，一脸忧伤。不，阿悠想，也许那不是忧伤，只是失望。他一定在心里骂她，你这个猪一样的队友。

阿悠哽咽着说了句"对不起"，转身跑了出去。

4. 你到底对我做了什么？

她一路狂奔，穿过石桥，穿过破败的街道，来到蝴蝶馆。

"欢迎再次光临，阿悠。"蝴蝶君优雅地鞠躬。

"为什么我听不见那个人琴声里的呼唤了？为什么我没办法把自己的感情融进琴声了？"阿悠愤怒地质问，"你到底对我做了什么？"

"看来你意识到了呢。"蝴蝶君理了理长衫上的流苏，"梦就是你的灵魂。在你想抛弃的过去里，其实蕴藏着珍贵的东西呢。"

"求求你……"阿悠恳求。

蝴蝶君瞥了她一眼："我这里没有同情，只有交易。想要回灵魂，你也得拿等价的东西来交换。可惜，你好像拿不出什么了。"

那只像风筝的蝴蝶飞到蝴蝶君面前，他伸出手臂，蝴蝶停在上面。

"好啦，筝蝶，我知道你喜欢这孩子。"蝴蝶君想了想，说，"这样吧，阿悠，我拜托你一件事，你学校食堂后的小花园里，榕树上挂着一只风筝，你把它拿来，我就把灵魂还给你。"

食堂后的确有个小花园，但它已荒废许久，又因为它充满骇人的传闻，那儿几乎成了禁地。她也没有想过要踏进去。可是，她热爱二胡，如果她的二胡再也奏不出她的情感，那才是最孤独荒凉的事。

如果非要用过去做伴才能演绎出情感，那她宁可记得。

她坚定地说:"我去。"

5. 你也看得见吗?那只蝴蝶

废弃的花园围着栅栏,缝隙里冒出白色小蘑菇。栅栏已腐朽不堪。阿悠隔着栅栏,望见了挂在树梢的风筝,一只漂亮的蝴蝶风筝。

筝蝶也跟着阿悠一起来了,它绕着风筝上下左右飞舞,可显然没有办法把风筝取下来。

阿悠也没办法,她不会飞,也不会爬树。她必须找人帮忙。她的舍友们都出身清白、家境良好、有人疼爱,她很自卑,所以她用冷漠和骄傲将自己伪装起来,拒绝她们的好意,也拒绝与她们亲密。

她不知道谁能帮助自己。

黄昏来临,一个人朝她走来,蓝色的衬衫散发着云朵柔软的气息,他是楚子原。

"阿悠,我正到处找你呢,老师也很担心你。"楚子原说,"你在这儿干吗?"

"我想取下那个风筝。"阿悠说,"可我想不到办法。"

"我可是爬树高手呢。"楚子原挑眉,"跟我来吧!"

"哇,这蝴蝶,简直跟风筝差不多大。"楚子原突然望着树梢说。

"你也看得见吗?那只蝴蝶。"阿悠问。

不管是昨天她跟着蝴蝶走,还是今天蝴蝶跟着她来,一路上,似乎都没有人能看见如此巨大耀眼的筝蝶。

"当然看得见啊,比你脑袋还大。"楚子原笑着,抱着树干,噌噌爬了上去,他取下风筝丢给阿悠,麻利地从树上跳了下来。

楚子原拍拍手,眨眨眼,问阿悠:"一起放风筝去?"

"不是我的风筝呢,是别人拜托我来取的,我现在要送过去。"阿悠说。
"我跟你去。"楚子原说。

6. 事情变得麻烦了呢……

他们一前一后走出学校,并肩走上小街,夕阳照耀万物,筝蝶在他们身旁飞舞。阿悠幻想过多少次啊,与楚子原在小街散步。可此时,她不欢喜、不心动,她的胸膛空荡荡,像一片什么也没有的天空。

而且,楚子原今天对她格外热情主动,这让她大惑不解。

他们来到蝴蝶馆门前,阿悠说:"就是这儿。"
楚子原有些惊疑:"这儿?你……"他话未说完,又打住。
蝴蝶君站在门里,表情一怔:"咦?两个人?不过……请你们把风筝放到街对面那个铁器店门口去,这是他们家小孩的风筝。"
对面是一座老旧的屋子,传来"铛铛铛"的敲打铁器的声音。
楚子原把风筝送了过去,筝蝶也飞过去。"筝蝶哟,等那小孩把风筝放起来,你又能跟风筝做伴了。"蝴蝶君笑着说。

"现在可以把我的灵魂还给我了吧。"阿悠说。
"事情变麻烦了呢。"蝴蝶君高深莫测一笑,"风筝是你和楚子原一起取回的。所以,这场交易得你们两人共同完成,也就是说,要他也同意赎回灵魂才可以。"
"你说什么?他的灵魂?!"阿悠不敢相信,语无伦次起来,"什么,你,什么时候……"
"今天下午你走之后,楚子原也闯到这儿来,和我做了一笔交易,他让我帮他忘记一件折磨他的事,而我呢,收取了他的灵魂做代价。"

楚子原从街那头回来了，他站到阿悠面前，说："忘了那件事，我才能毫无负担地喜欢你。"

"喜欢……我？"阿悠愣了，"那是什么事？"

"忘了。"楚子原笑起来，"这样不是很好吗？总之我喜欢你。"

他在表白吗？可在阿悠听来，那句话多么枯燥空茫。究竟是她感知不到他的心？还是，他这告白里已没有了心？

"天快黑了。"蝴蝶君提醒，"想拿回灵魂，就趁现在。"

7. 我脑海里，深深映着这个影子

蝴蝶馆二楼的屋子，墙壁上挂满了画。画里全都是影子，投射在极美的背景上。

"这些灵魂，就是人们为了实现愿望付出的代价，我用画框把它们封印，它们就变成了一个个影子。你们轻易就肯舍弃的灵魂，却是我们蝴蝶一族梦寐以求的东西。我身为南海蝴蝶，拥有妖兽的能力，能从遥远的海市来到人类的城市，能幻化出美丽的事物，能为人们实现各种愿望，可我却没有灵魂，也不能以人类的姿态走出蝴蝶馆。"

蝴蝶君凝视着一幅幅画，渴慕地说："阿悠，你能成为今天的你，都因为你有一个坚韧美丽的灵魂，过去的种种经历，正是对灵魂的磨砺，你努力活着，勤奋学琴，灵魂被磨砺得纯洁无瑕，仿佛黑暗中开出的莲花。"

"还给我！"阿悠说。

"当然会按约定还给你，但你要先从这些画里认出来。"蝴蝶君狡猾地说，"机会只有一次。"

阿悠一幅幅看过去，成百上千的影子，没有颜色，没有面容，她屏住呼吸,不敢轻易辨认。她已将过去全部抹去,又怎能记得自己那时的样子?

忽然,楚子原踮起脚,取下一幅画,说:"阿悠,这个是你。"

画里是一个扎马尾辫女孩的侧影,看得出她身形单薄。脚下的鞋也大得不合脚,但她脊背的线条笔直,下巴的弧度微微上扬,透露出倔强与骄傲。她的手边,露出二胡的轮廓。

一阵奇妙的感应袭击了阿悠,这是自己,十四岁的自己。

"你怎么认出来的?"阿悠问楚子原。

"我脑海里,深深烙着这个影子。"

"呵呵……"蝴蝶君冷笑,"很奇怪不是吗?当你忘了,却还有人替你记得。"

阿悠的目光一瞥,她看到了一个影子,一个男孩,身穿着厚厚的大衣,手里捧着袋子和杯子,他微低着头,脸部轮廓露出隐隐笑意。她并不认识他。楚子原却取过那幅画,说:"这是我,十四岁的冬天。"

"哈哈!"蝴蝶君笑起来,"看来,楚子原也想赎回灵魂。不过,折磨你的记忆也会一起回来,你敢面对吗?"

楚子原望着阿悠,眼神有一丝犹疑。

阿悠说:"我的愿望,是抹去来音乐学校之前的全部记忆,我以为抹去之后我能坦然。但我错了,我连对爱的感知,还有用琴声释放感情的能力,也一并失去了。所以,我必须再次面对那份记忆,不管它多么可怕。"

楚子原的眼神变得坚定:"我也面对,跟你一起。"

8. 但我还是又一次喜欢上你

蝴蝶君抬手一挥,墙壁中间出现一条通道:"你们的灵魂就在那头。

友情提醒，你们想忘记的都跟对方有关，恐怕不是那么容易面对呢。"

"走吧。"阿悠看了一眼楚子原。

楚子原点点头，握住了阿悠的手。

他们在通道里跌跌撞撞，前方逐渐出现光亮，然后是天空，屋顶，街道，欢乐餐厅。餐厅的玻璃门上，贴着雪花和圣诞老人。门口矗立着挂满礼物的圣诞树。台阶前，一个女孩的影子，正坐着拉二胡。

那是阿悠的影子。

琴声悠悠，如泣如诉，可人们匆匆赶路，没有人驻足聆听。

台阶上，一个男孩的影子走下来，他手里捧着食物，一步步走向女孩。

阿悠认出来了，他是楚子原。她也想起来，那天，他送给她温暖的食物，但却忽然摘下她的盲镜扔向雪地，鄙夷地说："你是个骗子！你的眼睛看得见！"

是啊，我看得见，我偷偷从盲镜后面看世界。

我看到你路过，对我微笑，也曾停下听我拉琴。我幻想着，我在你眼里干净又动人，我甚至希望，你有一点点喜欢我。可没想到，我不过是一个丑陋的骗子。

真的好难过呢。恨不得从你面前，甚至从这个世界消失。

当年的阿悠，心里那么说着。而此刻，那个单薄的影子，也一定那样伤心又无地自容着。

阿悠朝她的影子奔过去，心疼地将它抱在怀里。

楚子原也冲上去，抓住他的影子，将它拽到阿悠和她的影子面前，狠狠地说："道歉！浑蛋！为你刚才的话道歉！"

"对不起。"楚子原的影子低下头，说，"我看过你的眼睛，它像梅花鹿的眼睛那么漂亮，我想每次路过都能看到它，所以我才……"

"我原谅你，"阿悠的影子说，"如果是这样，我原谅你。"

忽然，影子消失不见，融入了他们各自的身体，阿悠感觉到了它，那个从肮脏阴沟里长大，却一直努力拥抱阳光的纯净灵魂，她早就该好好地珍惜它、感激它。

"对不起。"楚子原说，"阿悠，你刚来学校我就认出了你，我早就想跟你道歉，可我不敢，我害怕你不原谅我。"

"我没认出你。"阿悠说，"但我还是又一次喜欢上你。"

9. 这是一场梦吗？

"回去了。"一个声音在空中响起。他们四下张望，前方地铁入口处，筝蝶正翩翩起舞。

"那是回去的路。"阿悠说。

楚子原握住她的手："一起回去。"

还是一样的暗黑通道。他们出来时，眼前却是一片废墟。筝蝶不见了，蝴蝶馆、蝴蝶君都不见了。

"这是一场梦吗？"阿悠说。

"不是梦。"楚子原说，"你看。"

街道上，一个留着蘑菇头的小男孩，正握着风筝线在街道上奔跑，那只五色斑斓的蝴蝶风筝，正摇曳着飞向天空。敲打铁器的"铛铛"声从老旧的铁器屋里传出来，宛如乐音。

爱，永远不会是悲伤，
而是救赎。

他来了推理继续
文/扶华
图/青玉

1. 前奏

"颜以舟,二十四岁,美籍华裔,毕业于美国哈佛大学,主修犯罪心理学。"男人握着一沓薄薄的纸,声音清朗却漫不经心地念出了上面的内容。

"这位高智商天才协助那边坏了我们不少的好事,如今受邀来华。司徒,到了你的地盘,不如让你手下的杀手替我解决了?如果事成,这次的交易给你让利两分。"在座的另外一位中年男人靠在椅背上笑吟吟地说道。

名叫司徒的男人放下手里的资料,靠在椅背上露出人畜无害的笑容:"我最近感觉有些无聊,简单地杀了倒不怎么有趣,或许可以和这位小朋友玩个游戏。"

2. 遇见

颜以舟看着面前这个出现在犯罪现场，因为有犯罪嫌疑所以被带回来的年轻女孩，公事公办地问道："你为什么出现在那里？"

方琼不自在地偏过头，有些不知道怎么开口。

颜以舟坐在她对面盯着她："我在你身上闻到了血腥味，以及药味，你受伤了。受伤的原因是被家暴，并且不是第一次。"

他在她的包里看到了一些明显用了不止一次的伤药，而且她的包里面有浓重的药味，这不是一朝一夕就能形成的，由此可见她经常受伤，最有可能的就是被家暴。颜以舟一向感觉敏锐，还从未出过错。

方琼在颜以舟清冷淡然的目光中点了一下头："是……被我爸打的，神探先生，我真的和什么杀人案没关系。那时候我在树林里面上药，只是刚好从那里路过而已。"

颜以舟忽然将一本书放到她面前："或许你应该看看这个。"

方琼见到那本书上面写着《未成年人保护法》，疑惑地看向他："我已经成年了，刚才你看的档案不是有写吗，我十九了。"

"原来你有这个认知啊，我以为只有未成年的茫然儿童才会这样默不作声地承受家暴。作为一个有行动能力的成年人，不得不说你的忍受能力让人惊讶。"颜以舟坐在那里，神色淡然。

方琼把他的话翻来覆去地想了两遍，终于反应过来，这位长相俊逸的先生，好像是在讽刺她。

第二次撞见犯罪现场被带回警局，方琼看着那翻出了一个医药箱，对她说"把衣袖撩起来"的男人，忍不住觉得这大概就是孽缘。

颜以舟给她被酒瓶划伤的手臂上药，方琼就垂眼盯着自己洗得有些发白的牛仔裤，又看到了他做工精良的黑西裤，忍不住缩了缩手指移开了目光。

"做完笔录，现在可以走了吗？"

"可以。"颜以舟说完抬头看她,那双清凌凌的眼睛,让方琼觉得浑身不自在。

她正准备走,忽然又听见他说:"懦弱逃避而不敢改变的人,是可怜的。"

方琼一愣,随即觉得一股无名的怒气腾地升上心头。她和他又不认识,她甚至连他的名字也不知道,两个完全没有关系的人,他凭什么这样评价她。

不过是一个自以为聪明,却不知道自己轻轻的一句话否定了些什么的人,他这样的人,怎么会明白她的处境和挣扎。

方琼就像是被踩到了底线,一下子竖起身上的刺。

她用力捏着自己的手,站起来靠近颜以舟,轻声重复道:"我不需要你同情,你有什么资格说我懦弱?"

"难道不是?你身上被家暴的伤,是因为你自己的懦弱造成的。"颜以舟表情不变,盯着她的目光仿佛含着某种说不清的嘲讽。

方琼不想听他说下去,忽然撑在桌子上凑过去强吻了这位态度使人烦躁的男人,然后在对方错愕的目光中很快地直起腰,微微抬起下巴露出一个有些快意的幼稚笑容:"你说我懦弱?"

"用这种方法来证明,只能更加显示出你的懦弱。"颜以舟淡淡道。

方琼脸色一白,转身就走。

颜以舟看着她离开,面无表情地转回椅子开始工作,只是在一会儿之后,他忽然伸手摸了摸自己的唇。

3. 气球

"颜先生不愧是精英啊,这么短的时间就破了案。这段时间辛苦了,来,今天一定要不醉不归!"

"接下来的三个月时间,还要继续麻烦颜先生了!来,我先干为敬。"

一群人热热闹闹地喝酒吃菜，颜以舟忽然对不远处站着的方琼招了招手。

"先生，请问您有什么需要？"方琼在这里兼职服务员，没想到又会遇见这个男人，她硬着头皮走过去，尽量平静地问道。

"我叫颜以舟，特地告诉你一声，免得你还不知道自己上次强吻的人叫什么名字。"

颜以舟话音刚落，那一桌警察都安静了，用一种诡异的目光在他们两个之间来回巡视。

方琼尴尬得脸都红了。

方琼在一家蛋糕店兼职的时候，又见到了阴魂不散的颜以舟。

她正套在一个兔子玩偶的衣服里，给周围路过的孩子派送各种模样的气球。颜以舟就从她面前经过。

方琼心中一动，穿着看不清面容的兔子玩偶衣服上前拦住了他，在左手上分出一个红色的兔子气球递给了他，还和对那些孩子做的一样，用粗大的兔子爪在他头发上使劲儿揉了好几下。

颜以舟没有动作，等她揉完了，这才顶着乱糟糟的短发，用一种打量的目光将她全身看了一遍，最后肯定地道："方琼。"

这样他都能猜得到？方琼在兔子套里面咬了一下唇，转身离他远一点儿，去给孩子继续发气球。谁知道颜以舟竟然抓着那气球跟了过来，她站在屋檐下，他就拉着红气球站在她身边，她往旁边移几步，他也走过去几步。

方琼又觉得后悔了，早知道就不要去捉弄招惹他出气了。

想着，方琼又准备走开，却被颜以舟拽住了，他绕到她后面不知道做了些什么。好不容易被放开，方琼连忙往旁边移，离开他的魔爪。只是再一转头她发现，颜以舟已经走远了，只看得到那个颀长的背影。

"妈妈，你看，兔子耳朵上有气球！"旁边一个经过的孩子一手拉着自己的妈妈,一手指着方琼。

方琼一愣,转过身子对着蛋糕店的玻璃。从倒影里,她看到自己穿着的兔子衣服,头套上那大大的耳朵其中一只被系了一个红色的气球,在空中飘荡。

"扑哧——"她也不知道自己为什么忽然就笑了。

拿着那个红气球,方琼回到了家。刚进门,就有一个酒瓶摔在了对面斑驳的墙上,溅下来的酒瓶碎片滚落在她脚边。

"把钱给我。"那个醉醺醺的邋遢男人走过来。

"没有。"方琼看着面前这个男人,几乎已经记不起她小时候他的模样了。那时候她的妈妈还在,他也还是一个很好的父亲,会让她坐在肩头笑呵呵地带她去买零食,对她说"琼琼是爸爸最喜欢的宝贝女儿"。

清脆的巴掌声响起,方琼的头被打得往旁边一歪。她手上拿着的气球也被他"啪"地弄破了,只剩下一堆红色的残渣丢在地上。

方琼靠在墙壁上,头发遮住了自己的表情,一动不动地听着他骂骂咧咧。男人一脚踢在她的腿肚子上,推开门走了。

房间里一片静默,方琼盯着那被关上的门,眼神又沉又冷。

4. 选择

"我这次没有撞见你们破案,也没看到什么杀人现场,只是在医院买东西,为什么又要把我带到警局?"这是方琼第三次坐在颜以舟的办公室里面。

颜以舟没有回答她的问题,只是一边卷起了衬衫的袖子,一边指着她的左腿:"把裤腿卷起来。"

方琼没动,那里上次被父亲踢得有些严重一直没有好,但是她不想多花钱在这上面,就这样忍着,现在肿得把裤腿都撑得紧绷。

见她不动,颜以舟自己动手架起了她的腿,小心地挽起裤腿后伸手按了上去。

看着他低着头,用那双比起她要漂亮不少的手在那片青紫上面按揉,方琼一愣之后忽然苦笑了一下。

如果人能控制自己的感情,那该有多好,不论是亲情还是爱情,如果自己能控制的话,那世上就不会有这么多无可奈何和遗憾了。

"你特地把我带回警局,就是为了……这个?"方琼收回自己感觉好了不少的腿。

"你知道吗,从一个人的眼神和无意识的动作上面,能看出很多的信息,你的表现告诉我,你准备去犯罪。"颜以舟笃定地说。

方琼不自觉地低下头,捏住了自己的衣服。她确实是准备下药让父亲变成瘫痪,这样他就不能出去赌博酗酒,也不能打她了。就算他一辈子都躺在床上,她也会好好照顾他。但她没想到还没有做就被这个男人点破了。

"去吧,想做什么就去。"颜以舟也不知道自己为什么这么在意这个女孩子,大概是因为相同的被父亲家暴的经历。但被家暴的人那么多,他也没有像这样一个个的都去在意。

"你不是警察吗?知道我要做坏事,你不是应该阻拦我?"方琼愣愣地看着他。

"警察难道不是在人做了坏事之后,再去抓人的吗?你还没做,我没有理由抓你。"颜以舟起身在书架上翻找什么。

他都这样说了,她还能做什么?方琼低头咬住了自己的唇。是他说她懦弱,可是在她想改变的时候,也是他给她浇了一盆凉水。

"或许,你可以考虑一下这个。"颜以舟在她的膝盖上放了一本书,自己交握双手坐回座位上。

方琼在那本书封面上看到了三个字——《婚姻法》。

"这是,什么意思?"她茫然地看向颜以舟,却见他转头看向窗外。

"这个还用解释吗?"

方琼离开后，颜以舟皱起了眉。他究竟在做什么，为什么这些日子总是对这个人这么在意？

颜以舟不明白，他不明白一件事的时候喜欢去思考，在人流如织的大街上思考，这是他的习惯。

不经意地一转眼，颜以舟透过一家店的玻璃窗，看见了那个熟悉的身影。在他反应过来之前，已经不由自主地走了进去。

5. 告白

一下午，颜以舟就坐在酒吧的角落里，用充满了疑惑和探究的眼神盯着在这里当服务员的方琼。

他疑惑的源头来自于她，或许只要多观察她就能解决这个疑惑，颜以舟是这样想的。只是看了一下午，他竟然什么收获都没有，脑子里想的好像就只有"她对那些人笑得真碍眼"之类的。

"能不要这样一直看着我吗，颜先生。"方琼的笑容有些僵硬，在失误了两次之后，终于忍不住来提醒他收敛一点儿自己的眼神。

颜以舟站起来拿出钱包在里面拿出一沓钱递给方琼："小费。"

方琼看着那厚厚的一沓，声音有些轻："你果然只是在同情我。"

"我从不同情任何人，这只是顾客消费后给的小费而已。"颜以舟收起钱包，把钱放到桌上，推门出去了。

站在门外，颜以舟发现自己好像做了一件蠢事。他不认识路，这会儿想回去却找不到路了，而且他的钱在刚才全部给了方琼，自己的钱包里只剩下两个硬币，也没办法坐出租车回去。他带了卡，但是这周围好像没见到取款机，手机里也没有能来解救他的熟人朋友。

一直等到方琼下班，颜以舟转头对她说："我不认识回去的路。"

两个人沉默地走在街边，路过一株又一株的梧桐树，夕阳将人影拉得很长，又在脚下铺了一层金黄的余光。

"你说，世界上是不是人人都有很多的烦恼，还是说只有我一个人有这么多的烦恼？"方琼忽然开口问道。不知道为什么，她现在很想和他说说话。

"人人都是这样。"颜以舟毫不犹豫地回答。

"那你也有烦恼吗？"

"有。"颜以舟将目光移向街边依次亮起来的路灯，语气平静地道，"我最近觉得苦恼的是我发现自己的状态有些奇怪，我太在乎你的存在了，总是不自觉地去关注你。虽然我没有恋爱过，但是按理说我并不喜欢你这种类型，可是上次我却很想向你求婚。不仅如此，我发现你受伤会让我的心情变得糟糕，而且就在刚才我发现，你对别人笑也会让我觉得心情不好……"

方琼停下脚步，颜以舟也停下步子回头看她，在他的目光中，方琼越发手足无措。以往总是显得有些苍白的面容上不知何时带上了一层嫣红，和天边的夕阳一般。

她忽然一言不发埋头往回走，只是匆匆走了几步，她又停下来："你住的地方就在这里不远了，直走左拐，看到一家商场后右拐就能到。"

然后，她顿了几秒声如蚊蚋："还有，告白的话至少要送花。"说完，她也不敢看颜以舟的表情，结果太慌张一不小心向前摔倒在地。

颜以舟把她扶起来，给她拍掉衣服上的灰尘，微微扬唇说："下次我会记得带花。"

6. 决定

"我是你爸，你不能杀我！"满身酒气的中年男人拖着受伤的腿，满脸惊恐地往后挪。

在他身前手拿水果刀的方琼面无表情，高高地举起手里沾血的刀刺进了男人的心脏，温热的鲜血喷溅在她的脸上身上。

"爸，这么多年，你还记得我是你的女儿吗？"跪在尸体前，女孩笑得满脸是泪，冲刷出道道血痕，显得恐怖又凄厉。

"很快，我就会下去陪你。"

颜以舟在花店选花的时候，接到了一通电话。他放下手里的花赶到警局，看到被拘留起来的方琼。她坐在那里，神色恍惚，身上手上还有脸上，都是干涸的血迹。

"我们接到报警的时候只看到了被害人的尸体还有拿着刀的她，被害人和她是父女关系，我们和她说话她都没有反应，颜先生，你看你是不是……"

"打开门，我进去和她说话。"颜以舟坐到方琼面前，他伸手捧起她的脸让她看着自己，"方琼，告诉我，是你杀的人吗？"

听到他的声音，方琼霍地动了动，她看着颜以舟，眼里满是不知所措和恐惧，身子忍不住轻轻地颤抖着。

"别怕，告诉我，你的父亲是你杀的吗？"颜以舟再一次问道。

"不是，不是我杀的！我不知道，我下午回家的时候觉得很累，睡了一觉起来之后，就看到他死在了客厅。"方琼不停地摇头，眼泪顺着脸颊流到了颜以舟的手里，"我恨死了那个男人，可是我不可能杀他的，他是我爸啊！"

"好，你说不是，我信你。"颜以舟说，为她擦去了眼泪，然后转身走了出去。

"把这个案子的资料给我。"颜以舟大步走进办公室。

把资料给他的警局前辈面带为难之色地对他说："上面的意思是尽快判刑，没有让人去查的意思，这女孩是不是惹到了什么人？"

颜以舟顿了一下，眼神冷然："她应该是被我牵连了。"他知道自己得罪了很多人，也知道那些人有机会一定会报复他。但是之前他从未怕过，只是他没能预见到会有这样一个让他觉得在乎的人出现。因为方琼，他第一次觉得害怕了。

"我要去查。"

"小颜,上面压得紧,说是让尽快判刑,往重里判。就算你真的在这么短的时间内查出了什么,估计也没用。"

颜以舟什么都没说,他又回到了暂时关着方琼的地方。站在门外看着她抱着自己的膝盖,他问道:"我说下次会记得送你花,你想好怎么回复我了吗?"

方琼愣了愣,然后红着眼睛摇摇头。

"那你可以趁现在好好想想,等我接你出去的时候你就可以回答我了。"

"好。"方琼眼里带泪地笑着轻轻点了一下头。

颜以舟没想到两天都没过,方琼就因为故意杀人罪被判了死刑。不知道怎么的,颜以舟又走到了那天两个人走过的梧桐树街道上,他想起那天自己说出那些话的时候,表面镇定,心脏却"怦怦怦"跳个不停。

第一次,他第一次明白这种陌生的感情,让人惶恐不安,使人软弱害怕,简直就像是一场劫难。

接下来,他利用自己的身份和人脉,用非正常渠道把方琼暂时从警局带了出来。

"我让人给你办了新的身份证还有护照,我送你回去收拾点东西然后去机场。"颜以舟转动方向盘,依旧平静地说道,仿佛自己现在并不是在犯罪。

一直安静的方琼愕然地看向他,随后她摇头:"不,这样你自己逃脱不了干系,你送我回警局吧。"

颜以舟没说话,把车停在一个僻静的路边,从后座拿出来一枝玫瑰递到她面前:"来得匆忙,店里的玫瑰卖光了,只剩下一枝。那么,你的回答呢?"

"我不答应,我不需要你为了我牺牲自己的前途!我们才认识多久?

你根本不了解我,为什么要为了我做这种事?我求你,别管我了。"方琼激动地说着,忽然脸色煞白闭着眼睛倒在了座位上。

7. 惊变

"方琼?"颜以舟终于面色一变,解开安全带想要上前扶起她。

只是很快,他的表情凝固了,因为那个上一刻还面色苍白语气哽咽的女孩,现在嘴边带着些讽刺笑意地坐起来,举着一把消音手枪对着他。

"真没想到这么快就结束了,传说中的高智商天才颜以舟,就只是这种程度而已?"方琼完全像是变了一个人,昂着头,睥睨着颜以舟。

她伸手挑起他的脸,对上他那双眼睛,眼里涌动着什么,却又很快地化作刺眼的嘲笑:"这么容易就被欺骗,你还真是让人失望。"

颜以舟静默良久,看着她的目光倏地黑沉下去,语气冷硬:"看来警局早有你的人,我输了。"

"是,有人雇我来杀你,不过特别叮嘱要先戏弄你让他看场好戏。现在戏终了,也该散场了。"方琼眨了眨眼睛,带着夸张的笑肆意地打量他,和原来那个内向羞涩几乎不敢把目光停留在他身上的方琼,判若两人。

"砰!"

她笑吟吟地、毫不犹豫地往他的左手臂上开了一枪,然后将枪口对准他的心脏:"接下来就是直接杀了你。"

颜以舟胸膛起伏,忽然开口,问的却仍旧是之前那个问题:"你的回答呢?"

方琼愣了愣,随即像是听见了什么好笑的笑话,笑得拿枪的手都有些颤抖:"你觉得我还有回答的必要?想不到你竟然这么……"她没说完,颜以舟忽然迅速地欺身上前抢夺她手里的手枪。

两人在座位上纠缠,在一片混乱中伴随着一声轻微的响声,方琼身子一顿歪倒在座位上，胸前的衣服氤氲出一片血渍。

车里骤然安静下来，颜以舟看着方琼胸口越扩越大的血迹，神色愣怔。他只是想先制住她，从来没想过要对她开枪。就算是到了现在，他仍旧是不想伤害她的。

"其实，之前你看到的方琼，不是我装的，因为方琼有人格分裂。"方琼靠在玻璃窗上看着颜以舟变得煞白的脸，忽然扬起笑容，轻声道，"我知道她的一切想法，她让我告诉你，她说'我愿意'。"

手一颤，颜以舟手里的枪摔落在地。

"你在说谎。"

方琼笑笑，嘴唇张合说了几句话，然后无力地阖上了眼睛。

颜以舟搂紧她，目中带血紧紧地盯着那张看上去竟然显得很安详平静的脸："方琼？"

"方琼你起来……你告诉我，你一定是在说谎，对不对？"细碎的眼泪无力滑落。

无人回应，只有长久的让人无法忍受的沉默。

……

那位天才颜以舟疯掉了的消息传来，名为司徒的男人晃了晃杯子里的红酒露出微笑："一场，还算有趣的戏。"

"看在愉悦了我的份上，这场戏就到此为止好了。"

8. 方琼独白

另一个方琼，是在再也不能忍受父亲的打骂时，悄悄出现在那个身体里的。

她是一个软弱的人，总是逆来顺受，不想面对的时候，总是有另外一个方琼替她面对。那个叫司徒的男人找到她，说对她感兴趣，要培养她成为杀手的时候，她答应了。

"我培养杀手,只需要他们为我做一件事,然后就能得到他们应有的报酬和自由的生活。"

方琼等了三年,等来了这件赌上了她今后自由生活的任务。

只是有许多事没办法预料,方琼爱上了那个眼神平静的男人,两个方琼都是。

那个方琼因为颜以舟,终于决定坚强起来,面对这一切;另外一个方琼因为颜以舟,终于感觉到了自己还活着,第一次真正对未来有了期待。

她本来不会那么轻易地被他夺去手枪,但是她很清楚他们之间只能活一个,否则司徒不会满意。

颜以舟本来没有开枪,扳机是她握着他的手按下去的,对着她自己的心脏。

最后,她对他说的那句话是:"我死后,你要装疯。求你,带着方琼没办法实现的希望好好地活下去。只要你活着,方琼就永远不会死。"

每个人都无法预料到自己会遇上什么人,最后会是什么样的结局。但是当爱来临时,也许面对和珍惜就是我们唯一需要做的。因为爱,永远不会是悲伤,而是救赎。

人啊,不要太有好奇心,
不然会有无妄之灾哟。

同学你有社恐症需校草一味帅气三钱

文 / 小熊不骨

图 /Cain 酱

1. 神展开的校园红人

周岁岁觉着，今年注定是血雨腥风的一年。

这事开始于某个本应惬意美好的周末清晨，损友严雯却打来电话扰人清梦，叽叽喳喳地在那头叫着："岁岁，你火了，你火了！"

"如果你不能告诉我发生了什么，我就真的要发火了！"周岁岁磨着牙恶狠狠地道，决心如果严雯不说出个所以然来，她就要将她人道毁灭！

可惜，上天并没有给周岁岁这个机会，严雯让她打开电脑，登录校园BBS，置顶且标红的那个帖子跳出来的那一刻，简直快亮瞎了她的眼。

帖子有个低调的名字——江某人观察计划。

帖子还有个低调的楼主马甲——周神算。

但是，帖子却有极其高调火爆的点击量和回帖量，甚至于，周岁岁还在其中看到了要人命的一层楼，那层楼扒掉了她的马甲……以及江某人的。

换句话说，火的并不只是她，还有江衍。

还好还好，这个黑客还算厚道，扒马甲也知道给她找个战友。

周岁岁深呼吸一口气，抬手掀翻了电脑……哦不，她舍不得，她小心翼翼地拿开了鼠标，然后非常粗暴地掀掉了鼠标垫。

厚道个鬼啦！江衍都被扒出来了，她更加死路一条好吗！她会被学校里那群花痴给弄死的！

周岁岁正抱头痛哭之时，手机再度响了，她以为是严雯，下意识地接起来装可怜带着哭腔道："呜呜呜，阿雯，我要死了……"

电话那头静了一下，才迟疑地响起一个阳光开朗的声音："周神算吗？我是江衍！"

"……"

"哈哈，就是那个你在帖子里说今年一年都会很倒霉结果全中了的江衍啦！"

周岁岁咽了咽口水，很是艰难地挤出一句话："……你、你好。"

"哎哎，我打电话就是想问问，你帮我算算我今天穿什么颜色的衣服出门比较好？"

"……"

周岁岁一把甩开手机，双眼放空地看着前方，突然抱头哀号一声，抓心挠肺地在床上打着滚。

于是，校园新鲜出炉的两大名人第一次友好对话，以周岁岁干净利落地挂断结束。

2. 人啊，不要太有好奇心，不然会有无妄之灾哟

周岁岁平生没有什么伟大的志向，一心只想继承她老祖宗的本领发扬光大。

天底下姓周的人那么多，她却坚持认为她家老祖宗姓周名易。嗯，没错，就是擅长奇门八卦之术的那位。

她潜心钻研十八年，觉着自己终于略有所成，于是在某个月黑风高的半夜，她对着泛着莹莹绿光的电脑，缓慢而又郑重地敲下了七个字——江某人观察计划。

用周岁岁自己的话来说，这个帖子集大家所成，记录着她所有的心血，是她智慧的结晶，是她未卜先知能力的体现，是她迈向成功的见证！

身为周岁岁的闺中密友，严雯当仁不让第一时间知道了这件事，对此她真心实意道："岁岁，我突然很同情江衍。"

身为周岁岁的第一任实验对象，周岁岁预言江衍今年会过得很倒霉，将他每天可能会遇到的倒霉事一一列举出来也就算了，偏偏每件事还被周岁岁挂在网上让众人围观。

严雯脑中突然浮现出周岁岁的一句口头禅——知道你过得不开心，我也就开心了。

对此，周岁岁的回复是——"能够当像我这么机智勇敢的伟大神算的实验对象，他都不知道这是多大的荣幸呢。"

严雯翻了个白眼："你也就敢在我面前这么嘚瑟，换作在别人面前，你估计一句话都憋不出来。"

而现如今，那"荣幸"的实验对象也找上了门。

躲得了初一躲不过十五，即使那天周岁岁果断地将江衍的电话拖入了黑名单，也阻止不了他插足她的世界。

正当坐在教室里的周岁岁将江衍之事抛之脑后，咬着笔杆发愁这周

高数作业该如何是好之时,耳边突然传来有些熟悉的声音。

"周神算呀,你昨天为什么没有更贴呢?"

"吧唧"一声,周岁岁心肝儿一颤,掰断了手中的塑料笔。她抱着手中的高数书下意识就想携书而逃,无奈她坐在角落的座位,想要出去必须经过旁边的座位。而现在那座位正被某个鼻梁高挺、五官俊朗、头发利落干爽的阳光少年霸占着。

江衍笑眯眯地挠了挠头,自来熟地用手肘碰了碰周岁岁,问道:"哎,你帮我算算嘛,今天我会不会也很倒霉呀?"

周岁岁眼神四处飘离,就是不敢和江衍对视,结结巴巴道:"你、你今天最好不要太有、有好奇心,不然会受无妄之灾。"

江衍夸张地叫了一声,视线落在周岁岁面前摊开的一个笔记本上,从他的角度正好看见笔记本上似乎写着"观察计划"几个字,他伸手想要去拿:"哎,难道这就是网上那个帖子的雏形?"

周岁岁看到他这个动作顿时急了,也顾不上什么,一把抓过本子,挥着手"啪"的一声和江衍的脸来了个亲密接触。

被突然扇了一巴掌,江衍顿时愣了。

周岁岁则趁机从他和座位的空隙间跨了过去,逃也似的离开了。

空落落的自习室只留下江衍一个人,而他左脸上那鲜明的五指印好似在提醒着他——做人啊,不要太有好奇心,不然会受无妄之灾哟。

3. 不听神算言,吃亏在眼前

"所以说,你扇了他一巴掌后就逃走了?"

严雯不可思议地听着周岁岁的转述,拍着桌子激动道:"那可是江衍啊!传说中帅死人不偿命的江衍啊!你竟敢扇他!"

周岁岁哭丧着一张脸:"谁让他突然凑过来抢我东西,我那都是下意识的……"

严雯抵着额头恨铁不成钢地道:"岁岁啊,你让我说你什么好。但凡你在别人面前,有在我这里耍嘴皮子功力的十分之一,你也就不会混到这地步了。"

周岁岁撇着嘴,哼哼唧唧道:"可是我在不熟悉的人面前,就会紧张到说不出话来啊。"

社交恐惧症,这是一种病,得治!
而不巧的是,咱们的神算大人,正好得上了这么矫情的病。

就扇巴掌事件,唯恐江衍会打击报复,周岁岁同严雯激烈地密谈了一下午却无果。送走严雯后,周岁岁在屋子里焦急地来回绕着圈,突然脑中灵光闪现,冲过去打开电脑登录校园BBS。

噼里啪啦地打下几行字后,周岁岁满意地合上电脑,对着镜子露出一个阴测测的笑容——嘿嘿,她果然是个天才。

当然,这仅仅只限于二次元。

而那头,仍然沉浸在被扇巴掌的震惊中的江衍,被舍友拉着到电脑前:"阿衍你看,周神算更贴了!"

《江某人观察计划》最新回帖——本神算夜观星象,江某人这周命犯太岁,不易与名字带岁之人相见,否则会有血光之灾。

江衍:"……"

夜观星象?现在还是大白天哪儿来的星星啦!周神算,拜托你装模作样也要有个底线好不好!

江衍磨着牙,恶狠狠地想,他并不是命犯太岁,而是命犯周岁岁!

不信邪的江衍隔天中午又在食堂里逮着前来觅食的周岁岁,江衍穿着一身休闲服笑得眉眼弯弯,一米八二的个头将周岁岁堵在角落里,黑白分明的双眸闪过一丝揶揄之色,惹得周围一群小女生齐声尖叫。

看着周岁岁慌里慌张一副躲躲闪闪的模样,江衍突然觉得有些不爽:"我长得这么好看,你都不想看看我吗?"

周岁岁期艾艾道:"我、我要吃饭。"

"周神算同学。"江衍一字一顿字正腔圆地喊着,"你说我今天会有什么血光之灾呢?"

周岁岁还是没有说话,视线却落在不远处一位端着盘子走过来找座位的同学身上,那同学正离江衍五步远,不知从哪里突然伸出一只脚,将那同学绊了个踉跄,而手中的东西作抛物线运动,那铁制的饭碗不偏不倚打中江衍那俊俏挺拔的鼻头。

随着"哐当"落地的声音,江衍只觉得一股热流从鼻子里缓缓流出。

周岁岁鼓足勇气,抬头伸手指着他的鼻子道:"血、血光之灾。"

不听神算言,吃亏在眼前。

江衍看着那刺眼的鲜红,只觉得眼前一花,但他还是在晕过去之前及时拽住周岁岁的手,倒在了她的怀里。

这次看她还怎么溜!

谁也不知道,阳光帅气的篮球小健将江衍同学,居然晕血哪!

4. 不然你就来当我的护身符吧!

周岁岁从来没想过,她人生中第一次来到校医院会是这样的场景。

周岁岁被强制跟着晕血的江衍送到了校医院,不仅如此,也不知道那江衍是真昏迷还是假昏迷,死死地拽着她的手就是不松开,害得她想趁机溜走都不可以。

看着舒舒服服躺在病床上大半个小时还没醒过来的江衍,周岁岁在心里默默地哀号一声,动了动手却发现还是被某人紧紧地抓着。

她咬了咬牙，又使劲想抽出手，不料还是功亏一篑。

看着床上那人的眼睑似乎是动了下，周岁岁心下了然，隐藏在骨子里的坏心眼冒出，假装自言自语道："如果他再不松开我，恐会大难临头，这可怎么办才好。"

已经接连好几次中招的江衍饶是再不信，听到这句话也下意识地松开了手。

周岁岁趁机收回了手，揉了揉被抓得有些红了的手腕，偷偷抿嘴笑了起来。刚巧这时候江衍睁开眼睛，看见的就是周岁岁在偷笑的这一幕。

他抿了抿唇。

他一开始怎么会看走眼呢，竟然还认为她是个不会讲话害怕生人的呆子，原来竟是个浑身冒着坏水的小狼崽。

江衍也不是个什么良善之人，先前在校园 BBS 上发现周岁岁竟然发了那样一个帖子，更要命的是里面大多数都被她给说中了，譬如什么被雨淋之类的倒霉事。

他向来都是锱铢必较有仇必报的人，当下就决心打电话过去狠狠地将她刺一通，可是当接通电话之后听到那头带着点哭腔的抱怨声时，他突然改变了主意。

帖子里说得神乎其神，他倒是要看看，她究竟算得有多准！

而之后发生的各种事情都证明，周岁岁她……算得还真是挺准的。

江衍轻咳了几声，伸出腿拦住又想趁机逃走的周岁岁，一本正经道："哎，看来今年我是真的很倒霉呀，周神算，你说我是不是需要弄点什么来护体？"

周岁岁被江衍那笑容灿烂得晃了神，直看得双眼发愣，直到江衍伸手在她面前晃了晃才回过神来，挠了挠头小小声道："红色可以辟邪，不然你去整点红内衣？"

—035—

江衍的笑容僵硬了，抽着嘴角突然有些得意道："我看你长得挺喜庆的，还会卜卦算命，不然你就来当我的护身符吧！"

5. 这一切都是她欲擒故纵的伎俩？

江衍向来是说一不二的主儿，即使周岁岁百般不情愿与他玩起捉迷藏，但是跑得了和尚跑不了庙，学校就这么大，再加上周岁岁的专业与江衍属于一个院，许多公共课也在一起上。换句话来说，就是江衍有的是机会逮住周岁岁。

譬如每日清晨，纵使周岁岁的手机将他号码拉入了黑名单，江衍也会死皮赖脸地借来舍友的手机叫醒正做着美梦的周岁岁："周神算呀，你说我今天是左脚先踏出宿舍门比较好呢还是右脚好呢？"

很不巧，社交恐惧症在起床气面前，那就是小巫见大巫，睡眼惺忪的周岁岁磨着牙，哪儿有平日里见江衍时那细声细气说话的受气小媳妇模样。

"我觉得你横着身体出去比较好！"

再度被挂掉电话的江衍面有戚戚地看向一旁被抢了手机的舍友，干巴巴道："那什么，这神算脾气还挺大啊，呵呵呵……"

又譬如毛概课，江衍"噔"的一声就霸占了坐在角落里的周岁岁旁边的座位，摸着下巴小小声道："周神算，你帮我算一算，这堂课老师会不会点名？"

托江衍不屈不挠死缠烂打的福，如今的周岁岁面对江衍已经能够正常说话。

"本神算昨晚上夜观星象，觉得不会。"

"啊哈，那我就放心地逃课啦。"

"但是你要是走了，老师就一定会点名。"

·

"……"

看着江衍一副咬牙切齿又无可奈何的模样,周岁岁撇过头,捂着嘴偷偷地笑了起来。

日复一日,时间就这么在江衍和周岁岁的打闹之中转眼过去大半,眼瞅着就要迎来元旦。有了周岁岁牌护身符,江衍感觉这几个月运气好了许多,每天都神清气爽。

所以,他很好心情地打算元旦后送一份大礼给自己的吉祥物周岁岁。

可是人算不如天算,大礼终究还是没能送出去。

元旦前一天,齐子明神神秘秘地将江衍拉到角落里:"嘿嘿,你绝对想不到我找到了什么好东西,我告诉你,我找到那个扒周岁岁帖子马甲的IP地址啦。"

江衍正想着送点什么给周岁岁好,不甚在意地敷衍了一声道:"哦?"

"IP地址是校内女生宿舍43号楼202室。"

"……"巧的很,这几个月里江衍不止一次地冲那个宿舍喊着周岁岁的名字。

齐子明摸着下巴,随后摆出名侦探柯南的经典姿势:"真相只有一个——这是一场有预谋的行动!"

江衍听着这番话,整颗心都沉到了谷底。

所以说,周岁岁之前在他面前装成一副不善与人沟通的模样也只是她的伎俩?

欲擒故纵?

呵呵,还真是有心计呢!

而那坑队友二十年的齐子明还没察觉出江衍的低气压,粗神经地拍着江衍哈哈大笑:"长得帅就是好呀。"

6. 完蛋!居然好心办了坏事

严雯发现周岁岁最近有些不对劲。

刚好遇上元旦三天大假,再加上前后几天没有什么大课,周岁岁却整日将自己关在宿舍里大门不出二门不迈,俨然一副要宅到天荒地老的节奏。

严雯终于看不下去,杀去她的宿舍一脚踹开大门,指着周岁岁的大脑门恨铁不成钢地道:"宅女是没有前途的!"

"……"

"打铁要趁热啊,你再不抓紧江衍就要跑走啦。"

见周岁岁仍旧没有反应,严雯决定使出撒手锏,捂着额头装作头疼脑热的模样"哎哟"叫唤道:"岁岁呀,我觉得最近有些不舒服啊,你帮我算算我最近是不是霉神附体啦?"

裹在被子里的周岁岁翻了个身,在严雯期待的眼神中缓缓坐起来,她脸色苍白,抬头看了看严雯,从枕头底下摸出一面镜子,对着镜子里的自己慢吞吞吐出一句:"我看你印堂发黑,近日必有大劫。"

严雯:"……周大仙,您功力渐长啊,别的神医会悬丝诊脉,您这都能对镜看命啦?"

周岁岁游魂一样飘到严雯面前,把镜子往她面前一放:"喏,你想学,我就把这招传授给你。"

严雯连连摆手,看了看周岁岁无精打采的模样,吞吞吐吐:"岁岁呀,你最近……是不是和江衍有什么矛盾?"

"矛盾?陌生人哪儿来的什么矛盾,他都说不认识我呢。"

周岁岁揉着眉心,实在是不想回想起几天前的那一幕。

本来之前江衍邀请她以吉祥物的身份去看他的篮球赛，不成想半路却一个电话过来，没头没脑指责了她一顿，最后留下一句——周岁岁，我最恨别人算计我。

末了，便挂掉电话分道扬镳。

说来可笑，两人认识快大半年了，江衍一直开玩笑地喊她周神算，从未这么一板一眼地叫过她的名字。

严雯突然有种不好的预感："怎么回事？"

周岁岁却不回答，叹了口气道："或许我是真的不适合和别人打交道吧。"

人与人相处，怎么就那么难呢。平白无故就生出那么多误会，偏偏她又是个嘴笨的不会解释。

还是研究奇门八卦之术来得简单有趣，可是为什么，心里还是很难受呢？

她突然想起初见江衍的那一幕，他作为新生接待员帮一个劲低着头的她拿过行李，冲她笑得无比灿烂。

灿烂得，让她有种想要接近的冲动。

周岁岁重重地扑向软乎乎的床，用被子将自己包裹起来，心中却在恶狠狠地吐槽那个江衍。

她想了想抿抿唇，又从被窝里爬出来，打开电脑登录BBS，半晌后才得意地笑了起来。

虽然她不会解释，但是这并不表示她受了委屈就这么算了。

《江某人观察计划》最新更新——这周江某人霉神附身，万不得已切记不得靠近。

好啊，分道扬镳就分道扬镳！谁怕谁！

她以神算的名义,诅咒他明年继续倒霉!

在周岁岁这边问不出什么,严雯又火急火燎地从别人那里问来江衍的电话号码,一拨通就急性子道:"江衍同学,我是严雯!"

"嘿嘿,严雯同学,我是齐子明。"

"……"齐子明是哪个鬼啦!

齐子明一向是自来熟的性子,拿着手机叽里呱啦扯了一通:"江衍他不在哦,他最近正为一个神算黯然神伤呢,听说那神算骗了财又骗色,唉,说多了都是泪啊……你有什么事找我就好啦,我帮你转告江衍哦。"

"骗财骗色?"

"对呀,就那个最近很火的周岁岁啦,开着帖子又精分扒自己马甲,为的不就是吸引江衍注意力嘛。"

"胡说!扒她马甲的明明是我好不好!"

"啊?"这下轮到齐子明吃惊了,他挠着头半天没想出来刚刚打电话这人的名字,问道,"你叫什么来着?"

严雯干净利落地挂断了电话,焦急地握着手机来回绕圈。

完蛋了完蛋了,好心办了坏事。她只是想借此让江衍注意到周岁岁呀!

呜呜呜,这下子周岁岁真的要恨死她了!

7. 因为我帅,所以她才研究我?

严雯终于在篮球场上堵住了被某个神算骗了感情的江衍同学。

江衍正百无聊赖地一个人投着篮,一边纠结着为什么周岁岁仿佛人间蒸发了一般,竟不来跟他道歉,明明是她做错了,说几句好话又不会怎么样!难道还要他这个受害人拉下脸面回头去找她吗?!

他另一边又纠结着为什么最近大家看见他就躲,就连篮球队上的小伙伴们都不肯和他一起打篮球了。

严雯直接扔给江衍一本很眼熟的黑皮本子,而那本子上赫然写着《江某人观察计划》七个大字。江衍一看到那几个字,顿时像拿到了烫手山芋一般又扔回给严雯,撇过头面无表情地道:"你是来当周岁岁说客的?"

不等严雯开口说话,他又气哼哼了一句:"我等了七天,她自己都不来解释,派个别人来算怎么回事!"

严雯恨不得用手中的本子狠狠地拍向面前这人的脑袋:"指望岁岁来跟你解释?拜托!她都不知道自己错在哪里!"

江衍像被戳中了痛脚一般,顿时火冒三丈:"不知道错在哪里?她故意在BBS发那样的帖子……"

严雯打断道,一句话就成功地扑灭了江衍的所有怒火:"帖子是岁岁发的,但马甲是我趁她不注意用她的电脑登录我的账号扒的。而且我和BBS管理员是好朋友,特地拜托的他帮我将岁岁那帖子置顶。"

"啊?"

严雯突然又换了个话题:"你认为学校那么多人,岁岁为什么专门研究你?"

"呃……因为我帅?"

"……大概吧,我也不知道岁岁究竟看上你哪一点了,反正她就是看上你了。然后专门研究了下你。她一向胆子小,不善于与陌生人交流,就算看上了你也不会有勇气去接触你,估计以她的性子,最多就是偷偷地观察你。她那磨蹭的性子我实在是看不过去,所以才想出这么一招刺激你一下,山不转水转,她不主动就你主动咯!喏,你要是想知道具体,就自己看这本子咯。"

说完,严雯头也不回地就走了。

岁岁啊,姐姐我只能帮你到这儿了!

那是一本速写本。

里面画着江衍各种姿势的素描画，下面还配有几段小文字。

江衍一页一页地仔细翻看，终于停留在其中的一页，那是画的他高高跳起扣篮的一幕。

素描的下面写着——本神算翻看天气预报，傍晚必有大雨。

江衍突然想起，他翻看BBS上那个帖子的时候，同一天的记录，楼主发帖似乎是预言他会淋雨，而那一天，他明明记得自己带了伞，却莫名其妙找不到了，最后果真淋雨了。

本来还以为是巧合，如今这么一看……伞估计就是被她给偷偷拿走了吧！

江衍突然就笑了起来，什么神算嘛，分明就是擅用天时地利人和外加运气好嘛！

这么一想，她那日说的血光之灾也是刚好撞上了吧。

江衍却不知，如果这时严雯在的话，她绝对会振振有词地告诉他："不，这不是巧合，而是人为。"

因为，那日绊倒那个倒霉同学的罪魁祸首，正是严雯。

专业助攻二十年，严雯同学表示，请叫她雷锋不用谢！

8. 明日正午十二点校内图书馆正门口，不服前来围观！

江衍最近很郁闷。

好不容易解开了他对周岁岁的误会，不成想，周岁岁充分发挥了乌龟的精神，将头缩在龟壳里死活不出来。

除了上课时间，她都宅在宿舍；而就算是上课时间，也不知道她是怎么做到的,每次都能神不知鬼不觉地避过他。

就算江衍他再神通广大,他也不敢厚脸皮地擅闯女生宿舍啊!

走投无路的江衍咬了咬牙,决定使出最后一招!

最近校园 BBS 又出了一个很火的帖子。

帖子的名字叫作——周某人观察计划,楼主的马甲则是江神棍。

帖子的一开头,江神棍虚心地表示了他对周易之术的热爱与敬佩,之后便正式开始了他对周某人的卜卦。

第一日——本神棍夜观星象,周某人明日必定宅宅宅。

第二日——本神棍又仔细看了看星星,唉,周某人明日估计会去教学楼上个课,然后继续宅宅宅。

第三日……

有个名叫小蚊子的账号在帖子下夸张地回帖道——楼主真乃神人也,竟然全猜中了耶!

第十日,帖子内容终于有了实质性的变化——本神棍研究周易之术,近日毫无进展,虚心想向前辈讨教。

帖子后面 @ 了一下周神算。

半夜,另外一个火热的帖子也悄悄地更新了。

周神算:明天天气不错,本神算决定做点什么,你们说收个徒弟怎么样?PS:本神算断言,江某人明日正午十二点必会出现在校内图书馆正门口,不服前来围观!

发完帖子的周岁岁觉着整个人神清气爽。

或许,她的社交恐惧症痊愈了也不一定呢!

来，跟着我念，
你要喜欢我一辈子。

我才不管！乌鸦嘴也要心跳练习

文 / 陆望舒
图 / 拳头伍一（A2 动漫工作室）

1. 女汉子砸到男神

"喂,听说了吗? B班那个女汉子拿自己当绣球扔,把谢逸给砸医院去了!"

"什么?谢逸是我男神嘤嘤嘤,我要替男神报仇雪恨!"

"就你?女汉子一巴掌就把你扇太平洋去了!"

"快走快走!女汉子来了!"

付晚顺着走廊往教室走,三五成群聚一堆嚼舌根的女生瞬间作鸟兽散。她忧伤地低头看了眼自己,身材纤细修长,凹凸有致,哪里像汉子了?

付晚耸耸肩,推门进教室,刚才还喧闹得像菜市场的高三B班瞬间鸦雀无声。

其实她在本班的人缘还可以,之所以出现这种状况,大概是因为刚才她不小心从三楼掉下去,砸到了从楼下经过的校草谢逸。

这件事情的起因有点儿奇葩。

付晚座位靠窗，同桌杨晓晓是个远近闻名的睡神，脑袋一沾桌子就不省人事。杨晓晓身材胖嘟嘟的，堵在座位上像只冬眠的大狗熊，颇有些一夫当关万夫莫开的气势。

最重要的是只要她睡着了，谁都弄不醒。

付晚因此练就了一身通关绝技，进出都从桌子上跳过去。亏得她天生运动神经发达，手一撑，轻轻松松就能过关斩将。

可今天她施展绝技的时候，出现了一点儿小问题。

四月份，天气渐渐暖和起来，紧闭了一个冬天的窗户大开着，飘来一阵阵清幽的香气。付晚跳桌子的时候，一个走神，竟然越过座位，从窗户里跳了出去。

三楼！六米高！四十七公斤自由落体！

谢逸不知道是学傻了，还是英雄救美电视剧看多了，竟然冲过来将付晚接在怀里。付晚因此毫发无伤，谢逸的左臂却"嘎嘣"一声，折了。

付晚又感动又无奈，忍不住对这个暗恋了很久的男神说："你这个笨蛋！"

然后，她心里"咯噔"一声，坏了！

2. 极品乌鸦嘴

付晚打小儿就不似常人。

因为她长了一张威力强大的乌鸦嘴。

两岁那年，她因为尿床被打，哭着诅咒她爸："爸爸也尿床！天天尿床！"

第二天早上，她听到她妈航空警报一样尖锐的咆哮响起，她爸自此连续尿了一个月的床。

五岁那年，她常得没完没了教她们数数的幼儿园老师神烦，暗自嘟嚷了一句:"要是她突然拉肚子就好了,那样我们就不用上课了,拉肚子拉肚子!"

她话还没说完,刚才还精神奕奕的老师,就捂着肚子狂奔了出去。

一次两次还能说是巧合,但如果次次都这样呢?

九岁那年,在说了一句话就让欺负她的男生莫名其妙"滚"下楼梯后,付晚哭着跑回去问她妈。

付妈妈把她抱在怀里,重重叹了口气:"闺女啊,你知道吗,你妈不是人……哦不,不是普通人。你外公外婆都是风之一族的法师,诅咒是我们族的基因遗传魔法之一,闺女啊,你这不是什么乌鸦嘴,是遗传了你妈我的超能力。"

付晚一面抽泣一面呵呵:"是不是还有水族火族木族土族和雷族?妈,拜托你别闹了好吗?"

付妈妈惊奇道:"咦?你怎么知道的?你爸跟你说过吗?"

付晚:"……"

然后,付晚就跟听魔法故事似的,听她妈讲述了一段惊天地泣鬼神的跨种族绝恋,主角是她爸和她妈。

最后她妈说:"诅咒这种基因魔法,与其他种族通婚的遗传概率是0.0025%。闺女,恭喜你中大奖了,以后不愁找不到男票。妈跟你说,以后你要是看上哪个帅哥,只要饱含深情地对他说'你爱我吧',保证他立刻对你死心塌地。"

付晚感觉自己的世界观重重摔在地上,噼里啪啦碎成了粉末。

从那以后,付晚就将"沉默是金"奉为座右铭,秉承着能用拳头解决的问题绝不用嘴解决的原则,成了个飞扬跋扈的哑巴。

后来的后来,哑巴付晚喜欢上了他们隔壁班的男神谢逸。

然后在刚才,她把谢逸砸进了医院。

砸进医院不是重点,重点是她这个威力强大的乌鸦嘴,没忍住对谢逸说了句"笨蛋"啊!

-047-

这可不是一句普通的"笨蛋",它会导致谢逸从一个智商爆表的男神,变成一个货真价实的笨蛋啊。

但真正的笨蛋是啥样儿的,付晚从来没见过,所以在赶去医院的路上,她十分忐忑。既然是探病,两手空空似乎不太像话,付晚想了想,在医院旁边的蛋糕房,给谢逸买了一个小小的奶油蛋糕。

付晚一进病房,就看到谢逸吊着一条胳膊靠在病床上,眼神呆滞。见她走近,谢逸把被子往上拽了拽,只露出一双黑曜石一般的眼睛,小动物一样怯生生地看着她。

付晚把自己身上的王霸之气收了收,尽量用温和的声调对他说:"谢逸,我来看看你,你还好吗?我给你买了块蛋糕,喏,可好吃啦。"

看着平素温润优雅的谢逸,糊了满嘴奶油,朝她笑成一朵花的样子,付晚终于明白了笨蛋的含义。

原来笨蛋就等于傻子啊。

3. 给傻子补课的一百零八种方法

谢逸被女汉子砸成了傻子!

这消息风一样传遍了校园,付晚所到之处,所有人都像躲避瘟疫一样迅速躲开,就好像付晚多看他们一眼,就能把他们看成傻子一样。

其实真相也相差不远。

付晚忧伤地叹了口气,拎着书包离开学校,打算去看望一下被风之一族魔法诅咒过的傻子谢逸。

谢逸傻得很不寻常,连医生也查不出真正的病因,但不管怎么样,肯定跟付晚这个把儿子砸进医院的罪魁祸首脱不了干系。所以,谢爸爸和谢妈妈见了付晚都没什么好脸色,不过看在她特意来探望儿子的份上,并没有难为她。

看着从前功课门门优秀的谢逸,现在傻呆呆地坐在桌子前,一道题都不会做的样子,付晚愧疚得不得了,心想要不是自己一时口快,也不会把谢逸害成这样。

谢爸爸端了杯牛奶走进来,愁眉苦脸道:"眼看就要高考了,这可怎么办啊?"

作为风之一族的混血后代,付晚的魔法效力多少受到了一点儿影响,不大稳定。所以"笨蛋"诅咒究竟要多久才会失效,连她妈也说不好。如果因此害谢逸错过高考,不说谢逸会不会怨她,她自己都不能原谅自己。

想到这里,付晚主动说:"叔叔放心,以后我每天来给他补课。"

她把课本摊在谢逸面前:"乖乖看书!"

谢逸呆呆地看着她,不动,也不说话。

威逼计划,失败。

付晚拿出一块香甜的奶油蛋糕,在谢逸面前晃了一下:"乖,把这几页看完,蛋糕就是你的啦。"

谢逸终于有了反应,目光直直地盯着付晚手里的蛋糕,一分钟后,他低下头开始看书,三分钟后,他的脑袋跟小鸡啄米似的一点一点,五分钟后,他趴在课本上睡着了。

利诱计划,失败。

付晚恨铁不成钢地摇醒谢逸。他揉揉眼睛,用一双困意迷蒙的眼睛看着她。

"吃蛋糕……"

谢逸长得很好看,狭长的丹凤眼,微微有些内双,一双瞳仁黑曜石一般,平素让他显得格外成熟睿智,但此刻,那漂亮的眼睛蒙着一层雾气,单纯得直冒傻气。

付晚叹了口气,把笔塞进谢逸手里,看着他的眼睛命令:"写作业!"

这次谢逸非常听话,立刻拿起笔,认认真真地在本子上写了起来。

付晚松了口气,翻开习题册,开始写自己的作业。等她写完,伸个懒腰凑过去看的时候，才发现谢逸的作业本上，密密麻麻都是两个字：作业作业作业……

诅咒计划，失败。

付晚哭笑不得："停下！不要写了！"她脑中突然灵光一闪，如果她对谢逸说"你很聪明"，是不是可以抵消她的"笨蛋"诅咒呢？

但理想很丰满，现实很骨感。

谢逸对她的暂停命令充耳不闻，仍然不停地写啊写啊写啊，写了三天三夜，以晕倒在书桌前而告终。

付晚的妈妈高深莫测地说："根据风之一族魔法定律第三十三条，如果咒语前后相悖，则默认第二条无效。所以放弃治疗吧，你要相信时间才是最好的良药……"

付晚风中凌乱了一会儿，转念想到，既然不相悖的咒语能够在同一个人身上重复发生效力，那么……

4. 填鸭式诅咒大法

第二天晚上，付晚说："谢逸，接下来我说的每一个字，都将会成为呈堂证供……啊呸！重来重来，接下来我念的每一个字，你都必须会背会写。我们先从默写开始吧，打开语文课本第69页，'豫章故郡，洪都新府。星分翼轸，地接衡庐……'"

从古文到英语，从函数到脱氧核糖核酸，付晚填鸭式地诅咒了三个晚上，诅咒到喉咙剧痛声音嘶哑，差点儿从一个装模作样的哑巴，变成一个货真价实的哑巴。

最后，她哑着嗓子命令道："把我念给你的内容默背一遍，明天晚上我要检查！"

皇天不负有心人，她的填鸭式诅咒效果良好，第二天晚上，谢逸完完整整地给她"背"了一遍，美中不足的是……太完整了。

她听见谢逸在背完《归园田居》后捏着嗓子说"哎呀累死老娘了",在读到一个错误答案时评价"什么垃圾出版社,这么白痴的题都弄错",在看到奇葩作文题目时说"别逗了,这什么脑残题目"……

这些也就罢了,最过分的是,谢逸一脸纯真地复述:"憋死我了,我先去趟厕所。阿姨,有卫生巾没?我大姨妈来了……"

最最过分的是,谢逸还特意停下来,用一双充满求知欲的大眼睛看着她问:"卫生巾可以吃吗?大姨妈是谁?昨天晚上你大姨妈来了吗?我怎么没看见呢?下次来的时候可以介绍给我认识吗?"

"……"她感觉自己被一傻子调戏了。

而且还没地儿说理去。

5. 我喜欢晚晚,晚晚喜欢我吗

不管怎么样,诅咒很成功,付晚很开心。

第二天晚上,谢逸端着一个史努比的卡通杯,送到她面前:"晚晚,给你,甜甜的。"

付晚接过来,原来是一杯冒着热气的红糖水。

她诧异地抬头,看到谢逸讨好地对她笑。他说:"今天我问妈妈了,妈妈说大姨妈每个月都会披着隐形斗篷来,她很凶很凶,会一种很恶毒的咒语,中了咒就会肚子痛。红糖水能解咒,晚晚快喝啊。"说完,他用无比期待的眼神看着她。

付晚咕咚咚咚喝下去,隐隐作痛的小腹几乎立刻就暖了起来,一起暖起来的还有她的心脏。她感觉鼻子像是被什么揍了一拳,酸得要命,忍不住给了谢逸一个大大的拥抱,吸着鼻子说:"谢谢。红糖水很有效,大姨妈的诅咒马上就解了呢。"

从那以后,付晚每天都会收到一杯温热的红糖水。

她给他念书的时候,他会说:"晚晚,你轻轻地念,我都听得见。"

她写作业的时候,他就安静地坐在一旁看着她,她感觉到他的视线:"你看我干吗?"

他傻笑:"你好看。"

付晚心道本姑娘知道自己好看,用得着你这个傻子说?不过她还是在谢逸灼灼的视线中低下了头,佯装看书,却一个字都看不进去了。

天气一转眼就热了起来。

高考前三天,学校放假,付晚给谢逸念了一整天的模拟卷,晚上困意袭来,不知什么时候趴在桌上睡着了。

意识模糊的时候,她感觉自己脸上温温热热的,吓了一跳,一个激灵醒了过来。谢逸的唇还留在她颊边,呼吸轻轻地吹在她耳郭上。

付晚愣了两秒,猛地跳起来,额头撞在谢逸的鼻子上,"咚"的一声闷响。

谢逸捂着鼻子眼泪汪汪地说:"鼻子痛!"

付晚急忙拨开他的手,看没流血,这才松了口气。过了一会儿,她心想不对啊,谢逸这个偷吻她的罪魁祸首,怎么分分钟就变成受害人了?

付晚转头瞪了谢逸一眼,谢逸却看着她呵呵傻笑:"电视里说,喜欢一个人,才会想要亲她。我喜欢晚晚。"

谢逸的眼白很白,瞳仁又黑又亮,直直盯着她看的时候,就像两颗包着火种的黑曜石,纯粹、真诚、炙热,让付晚有种正在被爱慕的错觉。

付晚不自在地错开了目光,感觉脸上被谢逸盯着的地方烫得要起火了:"谢逸,你听我说,喜欢有很多种……"

谢逸没有让她说完,他定定地看着她,认真地问:"晚晚喜欢我吗?"

救命!

"哎呀,我想起家里煤气好像没关,我先回去了今天就不来了拜拜……"付晚拎起包落荒而逃。

那个晚上,付晚做梦了,她梦见谢逸的傻病好了,他如常端给她一杯冒着热气的红糖水,对她说:"晚晚,让我给你泡一辈子的红糖水吧。"

6. 那些付晚所不知道的事

高考前一天，付晚掐着时间，让谢逸做了一套全真模拟卷。

填鸭式诅咒的效果，并没有付晚想象得那么好。她拿着红笔对答案，发现死记硬背的题，谢逸一道都没做错，而那些需要变通的题，一道都没做对。

付晚算了下分数，大概勉强能上个二本。

如果没有她那句"笨蛋"诅咒，谢逸绝对能上最好的大学最好的专业，可现在只能勉强上个二本。付晚又是愧疚又是心酸，晚上躺在床上辗转反侧，这两个月来和谢逸相处的点点滴滴，一一从她心上流过。

从前那个温润优雅的谢逸，留给她的印象已经很淡很淡，现在她一想起谢逸，浮现在脑海中的就是那个好看的傻子。她想起糊了满嘴奶油朝她灿烂傻笑的谢逸，每天晚上给她泡一杯红糖水的谢逸，以及，对她说"我喜欢晚晚"的谢逸。

这一年的高考题不算难，语文、数学、文综、英语，付晚做完英语卷子的时候，还剩下整整半个小时，她没有检查，而是把答题卡上一半的选择题擦掉，涂成了错误的答案。她仔细地估算了下分数，再综合往年的分数线，觉得差不多在二本线到一本线之间。

就这样吧。

如果谢逸决定复读，她就陪他复读一年；如果他不复读，她陪他上随便哪一所大学。

谁让她欠他一句"笨蛋"呢？

谁让她……舍不得和他分开呢？

高考结束，付晚在家里无所事事等成绩，不知怎么的，总有些心神不定。

付妈妈麻将桌上大杀四方归来，看到女儿罕见地坐在窗前发呆，伸手在她面前晃了晃:"吾地妹仔,担心内果傻子哟?诅咒木有后遗症滴,他应该没问题撒。"

付妈妈在"异族"混得如鱼得水,有一帮来自五湖四海的麻友,不知道跟谁学了一口半吊子的川普话撒娇,听得付晚鸡皮疙瘩都起来了。付晚没好气地拍掉她妈的爪子:"前遗症还没完呢,哪儿顾得上担心后遗症?"

"没完?"付妈妈夸张地大叫,"不对啊姑娘,那天你不是和谢逸一起进的考场吗?他一傻子参加哪门子的高考啊?"

为了让好奇心旺盛的老妈早点儿滚蛋,付晚一五一十地把她的填鸭式诅咒法说了。

她妈从地上跳起来,连珠炮似的说:"我早说不让你上学,你爸偏要送你去,看看,学傻了吧?诅咒是魔法,魔法懂吗?要随便说句话都能放大招,那你妈我还说不说话了?根据我们风之一族的魔法定律,诅咒要靠心火催动。知道什么是心火?就是你心里特别激动的时候,譬如说特别感动啊,特别烦躁啊,特别伤心啊,或者特别愤怒的时候才能生效。懂吗?"

付晚蒙了:"啊?可是……"可是她给谢逸念了那么多的字,谢逸每个都记住了啊。

"可你个头的是!"付妈妈在她脑门上狠弹了一记,"你妈我可是风族的纯血后裔,不比你个混血产品有发言权?"

"是是是,再没有比您更纯种的行了吧?"付晚把她妈推出去,锁上了卧室门。

屋里一下子安静下来,她靠着门慢慢地滑坐在地上,脑子嗡嗡响。

她想起谢逸傻笑着夸她好看的样子,想起谢逸落在她脸颊上的吻,想起他一眨不眨地看着她,说我喜欢晚晚,晚晚喜欢我吗?

谢逸在装傻吗?

像谢逸那种连微笑都像是比着尺子量过的人,会在她面前卖萌装傻?

付晚被自己脑补出来的画面雷得外焦里嫩。

7. 来，跟着我念，你要喜欢我一辈子

付晚不愿相信谢逸在耍她。

明明只要去问问谢逸，一切都会有答案，但她仿佛一夜之间就怂了起来，每次下定决心去找他问个明白，都会在半路莫名其妙地拐到别的地方。

一直到填志愿的那天，付晚看到教学楼上显眼的红色横幅："热烈祝贺我校谢逸同学勇夺 M 省理科状元。"

理科状元……

她情不自禁地笑了起来，心道付晚啊付晚，你真的比傻子还傻啊。

炎天六月，付晚站在大太阳底下，却感觉自己心肝肺都冻成了冰，冷得直哆嗦。估计是她身上寒气太重，来来往往的行人都自动避开她，显得她这个傻子的 n 次方格外遗世独立。

她看见谢逸众星拱月地从学校里面走出来，一面说话一面淡笑着点头，虽然左臂还吊在胸前，却一点儿都不影响他温润如玉的气质。

就是笑得有点儿假。

付晚嘴角抽搐了一下，心想是上去踹他一脚呢还是踹他一脚呢？

谢逸似乎感觉到她的目光，一抬头，两人四目相对。谢逸无懈可击的微笑卡了一下，有些讪讪地朝她快步走来："晚……"

付晚咬牙切齿："闭嘴！"

这俩字效果相当好，谢逸立刻就闭了嘴。

据说后来高考状元接受记者采访时，不论记者问什么，这个英俊的男生都只是高深莫测地微笑，偶尔点头摇头。记者无奈，只好拍了张照片应付了事，在新闻稿里称赞本届状元气度沉稳，惜字如金。

不过这些付晚都没兴趣关注，她除了每个星期把谢逸打出去一次之

外,就天天躺在床上发呆。她想过复读,又觉得浪费一年挺没意思的,后来她想通了,大学差一点儿有什么关系,反正她会魔法嘛,到时候开个工作室专职诅咒,咒尽天下负心人,多牛逼。

金秋九月,开学季。

付晚拖着行李箱,无精打采地去了南方一所普通大学。学校地方偏僻,师资力量马马虎虎,好在风景还不错。

她兵荒马乱地报了到,混过了军训,转眼就是迎新典礼。

因为体力好,付晚被拉来帮忙搬道具。负责道具的学姐凑过来八卦道:"听说你们这届来了个大帅哥,特别有气质,是你们班的不?有机会给介绍介绍呗。"

付晚迷茫道:"有吗?我没注意。"什么大帅哥?有谢逸帅吗?有谢逸气质好吗?不对,她想那个王八蛋干什么?

后台入口处突然一阵骚动,付晚抹了把汗直起腰来,往那边扫了一眼,就愣住了。

那个在门口挡光的高个儿长得怎么恁像谢逸?

温暖的夕阳从他身后斜斜照进逼仄的后台,把他整个人镀上了一层金色的柔光。他不闪不避地迎上她的目光,笑了起来,那笑容又温暖又灿烂,灿烂得都有点儿冒傻气了。

8. 每天诅咒一遍

付晚定定地杵在那里,看着那个陌生又熟悉的人慢慢地向她走来,一直走到她面前:"付晚同学你好,我叫谢逸,是新闻传播系的新生,跟你同班。以后请多多关照。"

"你⋯⋯"

付晚感觉自己的脑子锈住了,良久才反应过来谢逸说了什么。她感觉自己的心像是被怪味糖击中了,酸甜苦辣说不清是个什么滋味:"谢逸你这个笨……"

她的嘴被一只温暖的手捂住了,谢逸低头在她耳边小声说:"我不想再傻一次了,女神求放过。"

付晚想起谢逸满嘴奶油笑成一朵花的样子,忍不住笑了起来。她拉下他的手:"你都记得呢?"

"嗯。"

"什么时候好的?"

"大姨妈下次来的时候可以介绍给我认识吗?"

"……"

"哎哎,别动手,晚晚我错了,我发誓再也不骗你了,"谢逸挨了几下打,捉住她的手与她十指相扣,"来,跟着我念,你要喜欢我一辈子。"

付晚瞪了他一眼:"一个月就失效了。"

"没关系啊,"谢逸笑,"我问过你妈了,她说这咒语可以重复使用,不限次数。你可以每天都对我说一遍。"

我已经很久没触到阳光了，
和你的名字一样，很暖。

狭路相逢胆小扑

文/葱白
图/DAZUI

楔 子

风在耳畔呼啸,脚下的景物有些恍惚。

此刻他觉得自己像块腊肉,被吊在空中,摇摇欲坠。

那些声音又来了:"跳啊,快跳啊……"他们向自己招手,嘴脸不一。

终于,他走火入魔般往前跨去,地心引力让他觉得自己变成了无翅的鸟。有尖叫声传来,然后"砰"的一下,他什么都不知道了。

1. 鬼楼里的男生

"呸——"于小暖吐了吐嘴里的灰尘,打量四周。四周光线阴暗,墙壁斑驳,的确是废弃了很多年的样子。

身后的门已被关上;她试了试,就算把她撞死也撞不开,最惨的是,手机也没信号。

该死的,她在心里怒骂,那群女生,这么无聊,把她关在这儿。

她在墙壁上摸索,周围静得人心里没底,终于,手摸到一个凸起,啪嗒,灯闪烁了几下,亮了。

"还好灯没坏。"于小暖长出一口气,然而抬眼间,又把那口气抽了回去。

就在墙角暗处,一个人站在那儿,一动不动。

于小暖身子僵住,全身的寒毛瞬间乍起,所有尖叫堵在喉头,一松动便要破喉而出。

她大气不敢出,半晌,那人先迟疑出声:"你,是谁?"

声音清润,于小暖的害怕去了大半。

她深呼吸,同样的问题:"你,是谁?"

那人没说话,却晃动了几下,从黑暗中走出。身形瘦削,是个眉清目秀的男生,只是面色有些苍白。

于小暖长出口气:"你吓死我了!"

于小暖的声音太过汉子,男生一怔。

"我是(3)班的于小暖,你是谁啊?"她大大咧咧,很是自来熟。

男生觉得好笑:"吴桐,"想了想,"(29)班的。"

"吴桐?名字好特别,"于小暖撇嘴,"(29)班也太远了,不熟。"

吴桐腹诽,远才好呢。他不露声色,问:"你怎么会在这儿,都说这地方闹鬼,你不怕啊?"

于小暖一屁股蹲下:"还不是我们班那些女生,把我骗来关在这儿。"一想到这个她就来气,那些女生推推搡搡,全没了平日里的淑女气质,她指着脸上的一道红痕,"看,多野蛮!"

按捺下想笑的心,吴桐问:"她们为什么这样做?"

于小暖起身,阴阳怪气地说:"因为我看不惯她们这样,"兰花指翘上天,却又八字步走起,"她们看不惯我这样。"

"噗!"吴桐没忍住。

"哎,那你呢,为什么在这儿?"

吴桐眼神暗了暗:"我和别人打赌,只要我敢来这儿,他们就和我做朋友。"他指了指自己,"他们嫌我身体不好。"

"哦……"于小暖拉长了声音,却突然笑起来,"那我和你做朋友啊。"那笑容干净明亮,吴桐呆了呆。

于小暖往前凑了凑,小声地讲:"你知不知道这里到底发生过什么事啊?"

吴桐狡黠一笑:"你猜。"

2. 自杀事件

旧实验楼是永安中学最神秘的地方,那是一座废弃的旧楼房,蜷缩在校园一角,墙体被爬山虎包住,很是阴森恐怖。关于这座实验楼,有一个届届流传的故事,说是很多年前,有人在这儿跳楼自杀,从此,人们总时不时听到有人喊"跳下来啊,快跳下来啊"。之后不久,有四个男生表现出了异常,一个跳楼自杀,但没死成,两个精神出了问题,还有一个悄然转学。大家都说这是那个鬼在找替身,不知道下一个会是谁。自此,没学生敢在这座楼里待着,学生家长也抗议,学校没办法,只得新建了个实验楼,旧的就这么废弃了。

"喂,你到底知不知道啊?"于小暖第 N 次重复这句话,忍住想把面前的人一脚踹死的冲动。

"这是厕所,啧啧,你看看,现在的厕所和当年的一样,真是一点儿长进也没有……啊!"吴桐捂着屁股回头,"你耍流氓啊!"

于小暖放下脚,抗议:"谁让你不理我,我都问了多少次了!"

吴桐想了想:"你真想知道?"

于小暖点头。

"那好，"吴桐露出白森森的牙，"跟我来。"

二楼的灯已坏，太阳的余晖也穿不透满墙的爬山虎，木质地板随着脚步发出嘎吱嘎吱的声音，于小暖在满地灰尘中留下一连串的脚印。

吴桐在一扇门前停住："就是这里了。"他推开门，涌出的浊气呛得于小暖一阵咳嗽。

这似乎是间被尘封的教室，一切都还维持着很多年前的样子。于小暖紧跟在吴桐身后，看着整齐排列的桌椅，总有种下一秒就会出现很多人在这儿上课的错觉。气氛有些诡异。

"在事发现场讲鬼故事可是会引来鬼的，你真要听？"吴桐最后确认。

于小暖死不悔改地点头。

"那好吧，那是十四年前的事，"吴桐停在一张课桌前，"初三（7）班有个男生从二楼跳了下去，死了。但听说其实没有当场死亡，只是当时已经放学，求救无能，他撑到后半夜才咽的气，人们发现尸体的时候，已经是第二天早上了。"他顿了顿，"据说，那男生在地上爬了很远，死后都保持着手向前伸的样子。就像这样。"他做出爬的动作，惹得小暖龇牙咧嘴。

"那……他为什么要跳楼，我听说后来还有别的人也跳了，是不是真的？"

吴桐似乎不想回答这个问题，沉默了许久，他突然冲于小暖坏笑："你身边这张桌子就是那个男生的哦。"

于小暖一抖，"唰"地躲到一边。

吴桐却又飘到她身后，在她耳边低语："还有，他就是从这扇窗户跳下去的。"声音缥缈，于小暖起了一身鸡皮疙瘩。

吴桐突然哈哈大笑："瞧把你吓得，我瞎编的啦，十四年前的事，我怎么可能知道。"

"你……"于小暖摩拳擦掌，她不介意这里再多个冤魂。

3. 再探鬼楼

"于小暖,我不信你敢在里面待一晚上!"杜薇薇觉得自己被打了脸。本想看到于小暖失魂落魄的样子,可早上到教室,却发现她坐在那里,精神抖擞。

虽然她也不信世上有鬼,但是被关在那种地方还能如此淡定,她杜薇薇倒淡定不下去了。

"喂,是你们把门关上的,齐爷爷不来开门,我怎么出来?"齐爷爷是校园的保安,每天早上巡视学校。旧实验楼的设计有些不合理,只有一道进出口,一旦关上,只能从二楼跳窗户,除非有人来开门。

"你……"杜薇薇哑口无言。

香子见状,忙过来劝架:"薇薇算了,快上课了,走吧。"

杜薇薇没法,扔下一句"有本事下午放学再去那儿"就气冲冲走了。

于小暖在她身后做鬼脸,却冲香子眨眼,要不是昨天香子怕出事来给她开门,只怕她真要在里面待一夜了。虽说香子和杜薇薇是一起的,但于小暖并不讨厌她。

只是不知道那个男生怎么样了,昨天她离开时,吴桐并没有走,反倒是拉着于小暖的袖子,可怜兮兮地说:"喂,于小暖同志,你既然说和我做朋友,就要牢记革命的誓言,和我一起将共产主义事业进行到底!"

于小暖黑线:"说人话!"

"哦,和我一起玩。"

吴桐满脸无辜,于小暖圣母心起,上了贼船。

"哈哈!"那厮原形毕露,"记得明天放学来这儿,好了,你可以退下了。"

于小暖气结,这谁家大爷,落这儿了!

果真放学后，杜薇薇三个人又将于小暖拉去了旧实验楼，说要一起进去看看。只是香子偷偷告诉于小暖，杜薇薇想装鬼吓唬她，让于小暖小心。

于小暖白眼，深感和这些人在一起真是拉低层次。可是没办法。

旧实验楼一如往昔般阴暗，于小暖昨天来过，倒是不害怕，只是杜薇薇三人蜷缩在她身后，让她有些郁闷。这情景，待会儿被吓哭的还不一定是谁。想起昨天和吴桐约好见面，于小暖又有点儿着急，要是被杜薇薇发现她和男生在这儿玩，明天她一定扬名学校了。

"哎哟，"杜薇薇突然怪叫，"我肚子疼。"

看，来幺蛾子了吧。于小暖抬手一指："那儿，厕所。"

趁她们密谋的时候，于小暖四处找吴桐的身影，可惜，连个鬼影都没有。于小暖觉得自己被人耍了，就在她准备狠狠骂吴桐几遍时，一只手突然凭空冒出，捂住了她的嘴将她拖到拐角，那手冰冷，一点儿生气都没有。于小暖害怕，死命挣扎，耳旁却传来熟悉的声音："是我，别吵。"

吴桐！

于小暖平静下来，待吴桐把手放下，她小声问："你做什么？"

"喂，我看见有几个女生在厕所里商量要装鬼吓唬某人呢，"吴桐戏谑，"傻妞，要不要以其人之道还治其人之身？"

于小暖不明白："你要做什么？"

"你说呢？"

于小暖迟疑："这样，好吗？"

吴桐的眼里闪过凉意："很多人只有经历过才会明白，玩笑是不能乱开的。"

4. 他究竟是谁

杜薇薇受伤了，吴桐预料之中，于小暖意料之外。

厕所里，两位女生冲出来，说杜薇薇不见了。本来香子告诉于小暖，杜薇薇想装失踪，然后扮成鬼吓唬她，可是当两个鬼魅般的黑影出现的时候，惨叫声充斥了整个旧实验楼。杜薇薇的哭腔从略矮的黑影中传出，跌跌撞撞地朝她们跑来，但是已经吓破胆的女生根本无心分辨到底谁是谁，只本能地躲着所有危险分子。

最终，躲闪推搡间，杜薇薇踩到自己身上的黑袍子，滚下了楼梯。

于小暖看到一动不动的杜薇薇，心凉了半截。

"快去叫救护车！"她跑下楼，和香子搀扶起杜薇薇，让另一个女生去求救。

楼梯上，吴桐形如鬼魅，居高临下地看着她们，冷得没有一丝人气。

于小暖又想起了那只捂在自己嘴上的手，凉得人发抖。她再看向吴桐，可是，楼梯上已空荡荡，一个人影都没了。

于小暖的心全凉了。

于小暖她们由于擅闯旧实验楼，被学校通报批评。

不幸中的万幸，杜薇薇只是轻微脑震荡。虽说如此，除了于小暖，其他三个人都请了一段时间的病假，这次她们被吓得不轻。

课外活动时，于小暖躲开众人视线溜进图书馆。被人知道去旧实验楼后，她就成了学校的名人，再加上其他三个女生都行为异常，因此每天都有很多同学直接或间接来向她打听旧实验楼里发生了什么，纵然她轻描淡写一笔带过，也抵挡不住众人天马行空的想象力，把事情传得越来越邪乎。

于小暖无奈，只是她心里也有很多疑问没有解开。

课外活动时间，图书馆的人比平时稍多，于小暖找了很久才在角落里找到那一排鲜有人问津的报纸。厚厚的几摞，从第一期到最近一期，一份不少。

"2000年，2000年……"于小暖不断嘟囔，手指翻得飞快。终于，

"2000"的字样出现在眼前,她放慢了速度。

月报,一共12期,总不会难找,很快,她被一则新闻吸引。那则新闻位于头版位置,想不发现都难。她一点点看下去,脸色却渐渐苍白,突然,她"啪"地将报纸合上,再难直视。

5. 当年的真相

他一直在想,若是他早一点儿出现,他是不是就不会死了。

他不知道陪伴了他多久,自有意识以来,他就一直陪在那个孩子身边,听他说着自己的故事。他身体不好,整日被关在屋子里,没有朋友,没有可以说话的人,于是他就成了他唯一的倾诉对象。一开始他只是听,后来有一天,那孩子叫出了他的名字,给了他和人一样的身子,于是他第一次想要回应那孩子的寂寞。可惜,那孩子到底没等到这一天。

"我要有朋友了。

"只要我从那儿跳下去,他们就和我做朋友。

"我不是胆小鬼,我一定能行。"

空中的他像一片随风摇摆的树叶,他听见他说:"小桐,我只想有个朋友。"

机器的轰鸣响彻校园,所有人都在见证那座旧实验楼的拆除。

学校和家长终于不能忍受这座楼的存在,当某天早上人们发现有各种机器开进校园时,才知道存在了很多年的传说就要消亡了。

于小暖此时根本无心考虑其他,她只心心念念着吴桐。

好不容易熬到下午放学,于小暖背起书包就往旧实验楼那儿跑,不同往日,今天去围观的人很多。

虽然只拆了一天,实验楼却已残破得不成样子,一半已经坍塌。不得不说,学校在某些时候还是有很高的办事效率的。于小暖趁人不注意,偷偷溜了进去。在二楼的那间教室，她果真看到了他，他就坐在那张桌子旁，一动不动。

"你真准时。"黄昏中的吴桐弥漫着忧伤的气息。

但是这气息在他说第二句话的时候就消失了："你说，挖掘技术哪家强？"

请相信于小暖，她连书包都拿在手里了，只要这厮再说一句不靠谱的话，她就送他归西！

吴桐咧咧嘴，转了话题："你是第一个看见我没尖叫的。"

于小暖诚实地说："我想叫来着，没来得及。"

"你……"好吧，他忍着，"你现在还是不害怕？"

于小暖从书包里掏出个东西，"啪"地拍到吴桐面前："我要是害怕就不来了。"

吴桐搭眼一瞧，一张剪报，上面只有一条新闻——《某中学一男生跳楼自杀》，虽然面部打了马赛克，但还是能看出吴桐的样子。

吴桐撇撇嘴："破坏学校公物，我要去教导处告发你。"

于小暖不想再开玩笑："你为什么要自杀，又为什么留在这里？"

难得这个傻孩子这么认真，吴桐也端正了脸色，他顿了半晌，开口："小暖，眼睛看到的，不一定是真的。"

于小暖不明白。

吴桐继续道："从来就没有人自杀，只是拿生命开了个玩笑，"他走到窗前，厚重的窗帘阻挡了光线，看不清他的表情，"他们说，只要从这里跳下去，就能成为朋友，但是朋友，不能靠玩笑来获得，也不是用来开玩笑的。"他转过头，眼神凌厉，"二楼的高度，普通人也许不会怎样，但体弱的人就不一定了，虽然没有当场死亡，可那四个人因为害怕，就那么跑了，连电话都懒得打一个。你不能想象那种被别人丢下等死的感觉。太绝望。"

从没想过事情原来是这个样子，于小暖一时不知该说什么。

吴桐却笑了:"原本我很痛恨那四个人,但是看到他们一个自杀,两个疯了,一个转学,我突然很可怜他们,没什么是不用付出代价的。年纪小不能成为无知的理由。"

他将窗帘拉开,太阳西沉的光线落在他身上,他伸出手:"我已经很久没触到阳光了,和你的名字一样,很暖。"

于小暖却想起什么,一步跳过来将窗帘拉上。

吴桐错愕,看她把窗户挡在身后,一脸倔强:"阳光,不好。"那样子,简直要哭了。

吴桐摸摸她的脑袋,突然松了口气:"那桌子下面有件东西,你去找出来。"

于小暖皱眉,有点儿跟不上节奏。吴桐催促:"快去。"

"哦。"于小暖把窗帘掩好,急忙去找。果真,在桌子下面,有个被胶带粘在上面的包裹,里面是个笔记本。

"这是……"

吴桐示意她可以看。

扉页上的名字是吴同,里面全是吴同写给吴桐的信。

"这是我最重要的东西,你替我好好保管。"他巡视一遍教室,"这里也要没了。"

心一疼,于小暖有点儿想哭。

吴桐又坐回那张桌子旁,下了逐客令:"你走吧,我想自己待一下。"

于小暖沉默了很久,才抱着笔记本离开,看着她的背影,吴桐突然对那张桌子笑道:"小同,我再也不能陪你了,你找不到的朋友,我找到了。"

傍晚,随着太阳落下最后一缕余晖,"轰隆"一声,旧实验楼终于消失了。

6. 你甩不掉我了

"啊!"

"砰！"

一大早，于小暖的房间就发生了"地震"。她颤着指尖儿指着某生物："你你你……"

那一只从地上爬起来，怒吼："你见鬼啊！"

于小暖将被子捂在胸前："你不是魂飞魄散了吗？"

某桐汗："我为什么魂飞魄散，还有，"他上下打量于小暖，"为什么你的朋友——我魂飞魄散了，你还能睡得这么香？"

于小暖突然一脸惨淡："我一定在做梦，吴桐同志，我知道你死得冤，但是都过去这么多年了，你安息吧。"

"啪——"枕头飞起，"梦你个头！你把大爷我当什么了！"

于小暖拿下贴在脸上的枕头："不是鬼吗？"

又一个枕头飞来："你才鬼呢，大爷什么时候说过我是鬼！"

于小暖呆。

吴桐扶额："我不是鬼。"他拿起交给于小暖的笔记本，"我是吴同想象出来的朋友，这个本子才是我。"

于小暖头有点儿晕："这也可以？"

"不要小看人的执念。"他抱着于小暖的胳膊，满脸纯良，"你说要和我做朋友，现在我属于你了，你要好好对我哦。"

于小暖瞅瞅趴在自己身上的吴桐，突然又是一脚："好好，可是你也不能爬到我床上！"

某桐第二次从地上爬起来，两眼泪汪汪："你虐待我，我、我要投水自尽！"

于小暖看着他手里的水杯："……下次，你可以换个脸盆……"

吴桐："……"

你猜傀儡师到底能不能让灵魂互换呢?

招魂师什么的最讨厌了

文/夏汐沫
图/冥千洛

1. 一张毛茸茸的鬼脸

夜晚，整个学校一片漆黑。图书馆里的灯光忽明忽暗，一名女生正在专心看书。

"咚咚咚——"突然，清晰的敲门声回荡在图书馆内。

女孩皱了皱眉，起身开门。走廊里漆黑一片，空无一物。

她鬼使神差地看了一眼窗外浑圆的月亮，突然……

"咚咚咚——"声音再次响起。

似乎不是敲门声，女孩寻着声音找过去。

声音，是从最后一排书架里传来的。

她好奇地扒开一摞书，顿时看到了令她毛骨悚然的一幕。

一张有着一团漆黑毛发的脸，一双眼睛从毛发间瞪着她……冰冷、刺骨。

2. 夺取灵魂的人偶

"是鬼娃娃……她想要夺走我的灵魂……"

医院病房里,蓝思蒙一脸迷惑地看着床上正碎碎念的少女。

蓝思蒙是校报记者,今天早上,当她听说隔壁班的唐琪被吓晕在图书馆里,身旁还有一张奇怪字条后,便风风火火地赶到了医院。

"受了点儿惊吓,不过没什么大问题,休息一两天就能出院了。"医生推了推眼镜,面无表情地说完这些话,转身走了出去。

蓝思蒙将目光转向躺在床上念念有词的唐琪,唐琪她之前有接触过,虽然外形人高马大的,性格却极其怯懦胆小。

"这还真是奇怪呢……"蓝思蒙把玩着那张字条,暗自感叹。

字条上的话语很简单:我 BJD 玩偶会在夜晚,需要以人身为媒介,你我互换,帮助我重获自由。

"好像是一个很有趣的暗号。"蓝思蒙正看着纸上的字,突然,纤细的胳膊被人抓住。

唐琪的眼睛像是有了焦距,直直地看着她,嘴巴贴近蓝思蒙的耳朵,慢慢道:"她一定还在那里,我好害怕,帮我……把灵魂找回来好吗?"

蓝思蒙心里一惊,不过她还是安慰道:"你放心,我会帮你把灵魂找回来的。"

蓝思蒙把字条塞到口袋里,跑出了医院。

时间渐渐流逝,月光把一座城堡似的小木屋照耀得一片洁白,道路边摆放着许多蜡像人,勾勒出这座 BJD 玩偶屋的神秘感。

"思蒙,为啥我们要大晚上的跑这儿来啊?"一个娇俏的短发少女叉着腰,气喘吁吁地问道。

"全市只有这里卖BJD玩偶，字条上的信息一定和这家店有关。"蓝思蒙跳上窗台，悄悄打开窗户，跳进屋里，"另外，洛晴同学，我记得没错的话，是你自己吵嚷着要跟我一起过来的。"

"思蒙，等等我啊！"洛晴跺了跺脚，急忙跟了上去。

蓝思蒙打开手电筒，映入眼帘的是一条长长的甬道，周围摆放了各种BJD玩偶，形状各样，姿态奇特。

更神奇的是，屋内正中间，有一个真人大小的人偶，她穿着雪白的连衣裙，长发飘飘。

蓝思蒙走到那个人偶面前，把光照在人偶的脸上。

洁白的脸颊，泛着蓝光的眼珠，小小的嘴唇紧抿着。

真是一个做工精湛的人偶。蓝思蒙这样想着，刚想把灯光转移到别处，突然感到一阵恶寒。

因为，她看到，那个长发飘飘的人偶，朝她……笑了。

3. 身份可疑的美少年

蓝思蒙看着露出一排洁白门牙的人偶，心里一惊，连忙向后倒退三四步。

"嗬……"屋内传来一个魅惑的笑声。

黑暗里那个人偶动了动，一个黑色的人影慢慢地从人偶的连衣裙下走出来。那是一个漂亮得过分的少年，一双似笑非笑的桃花眼，V字领的黑色T恤，露出雪白的皮肤和精致的锁骨，一头短俏的头发，整个人就像是童话书里走出的王子，高贵而邪魅。

"大晚上躲在人偶里，你是变态吗？"蓝思蒙冲着这个少年冷冷地问。

"真是强词夺理啊，小丫头。"少年略带轻蔑地笑着，漫不经心地道，

"我只是在做BJD的时候,突然看到了两个小偷跑到我的地盘来,才临时起意,想要吓吓你们而已。"

"你就是这家玩偶店的店长?!"一直处在花痴状态的洛晴大吃一惊,声音因为激动都变了调。一向冷静的蓝思蒙心下也有点儿惊讶。

这家BJD店在本市非常出名,最大的原因就是这家店的店长。相传此人手工之精湛简直到了逆天的程度,他做出的玩偶甚至可以以假乱真,因此无数人慕名而来,想要定制他亲手做的玩偶。无奈这家伙神出鬼没,而且性格喜怒无常,所以大家都无功而返。

"没错,我叫安逸辰。你们是什么人?大晚上的跑到这里有什么目的?"少年轻笑着指了指蓝思蒙和洛晴,挑挑眉。

"你认识唐琪吗?这张字条是你写的吗?"蓝思蒙也不废话,扬了扬手中的字条直切主题。

安逸辰兴致缺缺地扫了一眼字条,简短地回答:"不认识,不是。"说完,他打了个呵欠,返身往屋内走,"小鬼,问完了?出去的时候记得帮我把门带上。"

"你等等!"蓝思蒙情急之下,一把拽住了安逸辰的衣领。

"思蒙!"洛晴心惊胆战地拉了拉蓝思蒙的衣袖。

安逸辰回头定定地看着蓝思蒙,目光越发幽深。蓝思蒙道歉的话刚到嘴边,便被这眼神给压了下去,她也毫不客气地回瞪着他。

"抱歉抱歉!我朋友不是故意的!"洛晴急忙替蓝思蒙道歉。

安逸辰轻巧地挣开蓝思蒙,一言不发地抓着蓝思蒙和洛晴的胳膊,将她们推到门口。

"你……"蓝思蒙刚要开口,只见安逸辰微笑着,凑近她们,声音低沉:"喂,你们听清楚了,我可没时间陪你们玩这种无聊的侦探游戏。我劝你们还是早点儿回去睡觉,明天上课迟到了可不好。至于你们刚才的无礼行为——喵,中二病嘛,我可以理解。"

说完,安逸辰毫不客气地关上了店门。

"思蒙,现在怎么办啊?"望着紧闭的大门,洛晴手足无措地问道。

"这家伙身上绝对有我们要找的线索。"蓝思蒙答非所问,她望着黑漆漆的玩偶店,捏紧了手中的字条。

4. 不可思议的灵魂互换

第二天,蓝思蒙决定去图书馆仔细调查一番。

"奇怪,洛晴今天怎么没来,打电话也没人接……"蓝思蒙一边推开图书馆借阅室的门,一边自言自语道。

突然,蓝思蒙愣住了。借阅室这个点几乎没有人,她面前站着一个熟悉的身影。

"唐琪,你出院了?"蓝思蒙惊喜地走上前去,拉住唐琪的手。

"是啊。"唐琪垂着头,小声回答道。

"唐琪,那天晚上究竟发生了什么事?"蓝思蒙仰起头,费力地望着唐琪,内心泪流满面地吐槽:同样是十五岁的少女,身高的差距为何这么大!

"我记不清了。"唐琪笑了笑,这笑容莫名有些熟悉。

似乎……哪里不对。这时,蓝思蒙的手机响了。

"喂?思蒙,你刚刚打电话给我了?抱歉,我请假到医院去看唐琪了。唉,这姑娘从我进门开始就一直神神道道的,我要疯了……"电话那旁明明白白地传来洛晴的抱怨声和唐琪的碎碎念。

蓝思蒙顿时呆住了!

如果,唐琪现在还在医院,那眼前的这个"唐琪",又是谁?

难道,人偶真的会索取他人的灵魂吗?真的会变成真正的人,活动在我们身边吗?

"你……到底是谁?"

"唐琪"挥了挥手,面带微笑地看着蓝思蒙:"不用担心,小丫头,我只是前来解决一些事情。"

这个声音太熟悉了!

"这个声音……你……你是安逸辰!"蓝思蒙刚想抓住他,突然闻到一股奇怪的味道,一瞬间就倒在地上。

半昏迷状态的蓝思蒙感觉到安逸辰捏了捏她的脸颊,不怀好意地道:"人偶要取走你的灵魂了哦,因为我可是……招魂师啊!"

"这究竟是怎么回事?"蓝思蒙想要理清思绪,但视线越来越模糊。

蓝思蒙是被尖叫声吵醒的,她感觉自己的身体被一阵阵冷气吹着,仿佛漂浮在冰河里,刺骨的寒冷让她打了个哆嗦。

她睁开眼睛,看着几名同学抻着脖子惊恐地看着自己。

"同学……你没事吧,为什么躺在图书馆里?"胖胖的图书管理员哆哆嗦嗦地指着蓝思蒙,"而且,你手里还拿着一张纸。"

纸?蓝思蒙猛地一惊,看到手里抓着一张白色字条,字条上写着:夜晚我孤独徘徊,接受着月光的洗礼,所以给我吧,你的身体。

什么意思?蓝思蒙皱着眉毛看着字条,突然,她想起了晕倒之前的事情。

安逸辰这个家伙,到底在搞什么鬼?假扮成唐琪混入学校,又给安排了这一出,他到底是什么目的?

"我看我们还是快走吧。"图书管理员牙齿打架,"这图书馆好像闹鬼呢,说不定这里面还有什么东西存在。"

他说的没错,这间图书馆,确实还有其他东西存在。

这时天已经彻底黑了下来,蓝思蒙的头还是昏沉沉的。

她爬起来走到窗户旁想要呼吸一下新鲜空气,刚打开窗帘,一阵风猛然刮过。

蓝思蒙的脸颊突然痒痒的,她心里一惊,伸出手往脸上一挠,发现手中多了一根毛茸茸的丝线。

线?她皱皱眉毛,这里怎么会有线?

蓝思蒙思索了片刻,返身走到窗户对面的书架前,她抬起头,正好看到一本《缝制大全》。

她拿起那本书,正疑惑着图书馆里怎么会有这东西。

"啊——鬼啊——"突如其来的尖叫声吓得蓝思蒙差点儿把书扔出去。

"怎么了?!"

"那里……有双眼睛看……看着你。"图书管理员向前走了几步颤声道,哆哆嗦嗦地指着面前因《缝制大全》拿出而出现的缝隙。

蓝思蒙一颗心突然坠了下来。

因为她看到,书和书的中间缝隙里,露出一团黑乎乎的东西,仔细一看,像是人的头发。

5. 扑朔迷离的真相

所有人都吓得不敢说话了,谁也不敢轻易上前。

窗外有汽车的探照灯晃过来,蓝思蒙几人的身影被探照灯照射着出现在白色墙壁上。

蓝思蒙感觉自己的双腿在打战,因为当她看向旁边的墙面时,眼角瞥见反射在墙上的几个人的身影。

这个无意识的动作让她差点儿魂飞魄散。因为那位图书管理员的身边,被灯光晃过去之后飞掠过两个人影!

那是个黑色的影子,和图书管理员靠得很近,几乎是贴在他的背上,似乎是个女孩的影子。

"一定是恶作剧而已。"图书管理员拉上窗帘,刻意用镇定的声音道,"明天我会向学校说下这件事,总之今天都回家吧。"

"你……"蓝思蒙颤声道。

"什么?"图书管理员回过身来。

蓝思蒙吞了口唾沫,镇定了下自己的情绪:"刚才,汽车的探照灯照过来时,我看到你身后,有一个影子。"

在场的所有同学霎时脸色惨白,望向四周,看看有什么异常。

"先离开这里!"蓝思蒙抓着其中一名同学的手,离开了图书馆。

大家拼命往楼下跑,蓝思蒙迅速在脑内把整个事件过了一遍。

一切仿佛都因唐琪手里的那张字条而起,之后就是BJD玩偶店里那个神秘的安逸辰,这一切的一切,动机又是什么呢?

还有图书馆里的线,对了,线!蓝思蒙突然想到了什么,脑海中穿过一道闪电。

原来如此……蓝思蒙突然想通了。

等她回过神来,发现跟着她一起跑下楼的众人,早已作鸟兽散。

时间渐渐流逝,站在原地不动的蓝思蒙慢慢地仰起头,脸上满是迷惑。

"为什么……要这么做呢?"

6. "鬼娃娃"再次现身

黑暗再次笼罩着整个校园。在伸手不见五指的黑暗里,突然传来轻微的呼吸声。

图书馆的大门悄悄被人打开一道缝隙。

一个人影轻轻飘过去,走到书架前。

她拿出那本《缝制大全》之后,又把周围所有的书拿出来。

"唉……"

黑暗里传来一声长长的叹息。

拿着图书的人心里一惊，连忙抬起头看向门口。

"洛晴，居然真的是你！"蓝思蒙快步走上前去。

"思蒙？哈哈……好巧，你也在这儿啊。"洛晴挠着头，一副懊恼的样子。

"喂，你也在吧？出来吧！"蓝思蒙扶着额头，冲黑暗处喊了一声，"现在学校里都没有人了，为什么还要易容成其他人的样子，安逸辰？"

那个胖胖的图书管理员，双手插兜似笑非笑地从暗处走了出来。

"你是从什么时候知道是我的？"图书管理员轻轻一笑，扯开脸上制作的面具往旁边一丢。一旁的洛晴一副惊呆的表情。

"从我醒过来之后，看到你的第一眼开始。你当时的整个行为举止都不像个图书管理员，从头到尾，你都表现得过于惊慌。而且，要不是你'刻意'强调了一下我手里的字条，我还真没注意到呢。你下次演戏的时候，不要演得这么用力过猛。不过，我真没想到，你还会易容。"蓝思蒙语气有些尖酸地陈述道。

"在汽车探照灯照过来时，之所以会出现两个人影，是因为你为了伪装成中年发福男的体形，才在身后塞了一个那晚我在人偶店里看到的BJD。"

"这样啊。"安逸辰不以为意地耸耸肩，将手伸向书架的最里面。

此时，已近午夜十二点。

"如果我没猜错，你拿出来的应该是一个布偶。"蓝思蒙的话是对安逸辰说的，目光却转向捂着脸的洛晴。

"真是聪明。"安逸辰赞赏地一笑，手中赫然出现了一个半米长的布偶，穿着蓝色运动服，是一个半成品，脸上只有一双眼睛，其他什么都没有。

"不过说起来，你制作的这个半成品还挺不错的。"安逸辰笑嘻嘻地拿着布偶在洛晴眼前晃了晃。

"喂！"蓝思蒙一脸黑线地打断了安逸辰。

洛晴一副想要钻地洞的样子："思蒙，你是怎么猜到的？"

"我从一开始就不认为这件事和灵异挂钩，所以要不就是有人故意要吓唐琪，要不就是她自己吓自己。那张字条，断句很奇怪，所以我把每句话提出一个词，连起来就是'我需要你帮助'。"蓝思蒙顿了顿，继续说道，"书架里多出一本《缝制大全》，我猜是有人每天偷偷来这里，参考这本书缝制这个布偶，窗户上遗留的没有收拾好的毛线就是证据。

"把这些线索串联起来，答案就很明显了，并非有谁想故意吓唐琪，只是某人把未缝制好的玩偶藏在图书馆里，却正巧被唐琪看到了——难怪你前段时间总是鬼鬼祟祟的，原来是跑到图书馆缝娃娃。"

洛晴低着头，讷讷地道："那个布偶，我一直缝不好，所以想找BJD店长帮忙，可这家伙一直不在，我在图书馆花了半天时间才想出了那个暗号，本来想塞到店里碰碰运气，谁知道走的时候居然掉了……唉，我那个布偶藏得还挺隐蔽的，怎么就被唐琪看到了，看到了就算了，还把她吓晕了。明明长着一副金刚女汉子的外表，内心居然如此柔软……"

蓝思蒙嘴角抽搐地打断洛晴的吐槽："咳，唐琪胆子小，平时又神经兮兮的，当然会被吓到。"

"所以，我特意跑到医院去看她……结果发现她根本就没事，还拉着我讲了一堆鬼故事……"

"要我说啊，那姑娘就是典型的重度中二病。"安逸辰毫不留情地插嘴道。

蓝思蒙皱着眉问洛晴："你为什么不一开始就告诉我实情呢？"

"我……"洛晴踌躇着。

7. 意外的午夜惊喜

"那是因为，她想给你一个惊喜。"安逸辰笑着伸了个懒腰，"你知道为什么洛晴这么拼命地想缝制好那个布偶吗？"

"这个……"蓝思蒙怔了怔，显然她不知道。

"很快，你就会明白了。"安逸辰轻轻笑了一下，露出一排皓齿，"难得我今天心情好，破例答应了洛晴的请求。"

"你真的答应我了？"洛晴欣喜万分地尖叫着。

"我晕倒时，他往我手里塞的字条，就是他的回应。"蓝思蒙想起自己晕倒在图书馆的事就一肚子的火。

"嘘……安静！"安逸辰眯眯眼睛，神秘一笑，"魔法很快就要上演了。"

他的话似乎带着魔力，让两个情绪激动的少女瞬间安静下来。寂静的夜晚，只有风在呼啸。

"咚！"此时学校的欧式报时钟敲响了，午夜十二点到了。那一刻，蓝思蒙像是明白了什么，心猛地震了震。

"生、日、快、乐！"安逸辰把手中刚刚趁着她俩谈话，快速制作好的玩偶扔到蓝思蒙怀里，脸上带着非常纯粹的笑容。

蓝思蒙呆呆地看着自己手中穿着蓝色衣服的娃娃，这简直，就是自己的 Q 版模型呢。

安逸辰双手抱胸，倚靠在书架上，脸上又换上那副不可一世的表情："大吃一惊了吗，无所不知小姐？"

"怎么样？我的礼物，你还满意吗？"洛晴一脸期待地追问着，眼睛像月牙。

"洛晴……你们……"蓝思蒙有点儿语无伦次，看着笑得一脸得意的两人。

真是一场意外的惊喜。

蓝思蒙上前抱住洛晴，把头埋在她肩膀上："谢谢你，这是我一生中，最有意义的生日礼物。"话音刚落，她顿了顿，接着说，"下次，别在图书馆做手工了，怪吓人的。"

真是完美的句号呢，安逸辰笑着望向在月光下相拥的两名少女。

"话说回来，你是不是早就知道洛晴缝制玩偶的事？"玩偶店里，蓝思蒙怀疑地盯着安逸辰。

"是又如何，毕竟我可是个无所不知的傀儡师啊！"安逸辰声音蛊惑地回答。

真是个自大的家伙啊。

"安逸辰！"蓝思蒙突然叫住转身往里走的安逸辰。

"什么事？"少年不情愿地返身，懒散地应了一句。

"谢谢你。"回应他的是一个明朗无比的笑容。

嗬，今天真是个好天气啊。安逸辰心里愉快地想着。

惜 时

CHANG
XIA
BU
SHI

狐仙的名字是不能告诉别人的，
可你不一样。

啪啪小狐仙
文 / 岑桑
图 / 拳头伍一（A2 动漫工作室）

/ 一 / 愚蠢的人类啊

小菊在睡梦中听到窗台上有两个声音在说话。
"鹤，你也来休息啊。还剩下几个？"
"不知道啊，朱鹮。"
"喂，今年不要再丢东西了。惹那么多麻烦。"
"桀桀，不知道啊。"
小菊翻了个身，迷迷糊糊地说："别吵了，烦不烦啊，人家在睡觉！"
一阵翅膀"啪啪"的拍打声响起，窗台终于安静了。可是小菊却"呼"地坐起来："这不是32楼吗？窗外怎么会有人说话？"
小菊揉了揉眼睛，向窗外望去，星空干净明亮，窗台上的荠荠草和雉尾花都垂着头，好像也在睡觉。但是，就在窗台银亮的花架上，竟多了一只栀子蓝的布袋。

小菊好奇地走过去，小心地打开布袋，忍不住发出轻声地惊叹。布袋里睡着一只可爱的小狐狸，星光下，白色的毛发像半透明的丝线。如果不是小狐狸的身体在一起一伏的呼吸，小菊一定以为这是只精巧漂亮的抱枕娃娃。

小菊抱起小狐狸的一刻，小狐狸睁开了眼睛。小狐狸并不害怕，也不发威，只是用一双紫水晶似的眼珠，好奇地望着小菊。

小菊兴奋地举起小狐狸："哇……好漂亮的干脆面呢。"

小狐狸对着她眨了眨眼睛，忽然开口说："愚蠢的人类啊，没知识也要有常识好吗？你家小浣熊不长黑眼圈的啊？！"

"啊！"小菊吓得把小孤狸扔了出去，一头钻进被子，嘴巴里念念有词，"我一定是在做梦，一定是在做梦。"

/ 二 / 孤独儿童的早晨

第二天清晨，厨房里满是阳光晒起的光晕。

爸爸的留言条摊在餐桌上，小菊没有碰。一定是"对不起，爸爸又出差了"之类的话，她已经可以背下来了。

唉，算了。小菊心想。一个满脑子公式的科学狂人，能记得给自己留言已经很不错了。

小菊忽然听到地板上传来一阵细碎的脚步声，直觉是哪里跑来一只老鼠。她"嗖"的一下跳起来，可是低头看桌子下面，竟有一团毛茸茸的东西钻了出来，闪着两只紫亮的大眼睛，好奇地打量着小菊。

"天啊，你真的存在？我还以为昨天是做梦！"小菊吃惊地坐了起来，看着眼前的小狐狸。

小狐狸尖尖的小嘴巴，突然咧出一个漂亮的弧度："对啊，对啊，不是做梦。"

"你还真会说话啊？！"小菊瞪大了眼睛看着嘴巴一动一动的小狐

狸，难以接受地揉着脑袋说："呵呵，看来我还是在做梦。"

小狐狸却晃着两只漂亮的大耳朵，煞有介事地说："不是你做梦，是你运气好，遇到我这只著名的小狐仙。记住了，我就是上天入地从古到今无人能及无人能比的超级小狐仙——葡萄。"

幸运地遇见一只这么能吹的小狐仙，小菊要满头飞乌鸦画黑线了。

/三/朴淘

门铃丁零零地催促个不停，小菊连忙抓起葡萄一把扔进卧室。葡萄抗议地说："你告别的方式都是用扔的吗？"

小菊才不理葡萄，跌跌撞撞地去开房门。门外站着三个漂亮得要死的女生。

长发格子裙的藤小希说："不是说好今天和倪奇他们一起去森林公园，你来做便当的吗？你不会都忘了吧？"

小菊还真忘了。

暑假前她就和死党定好的约定，她们可是好不容易约到校草一起去野游的。

小菊不知道怎么回答，只能继续尴尬地揉头发，揉得头顶盖起壮观的"鸟巢"。

就在这时，一个清爽的男声从身后传出来："小菊，便当在这里。"

藤小希三个人突然像被定了身似的，张大了嘴巴惊讶地望着小菊身后，一脸不可思议的表情。小菊被突然响起的声音吓了一跳，迷糊地回转头，竟然看见一个高个子男生从厨房走出来。他穿着干净的白色T恤，超帅的脸上带着好看的笑容，像窗外盛夏的阳光。他把大摞的食盒放在桌上说："带我一起好吗？"

门外的三个女生不约而同地点头，谁能拒绝这么帅的男生啊。而帅男生对着呆掉的小菊挤了下眼睛："我去准备一下，马上就来。"

男生一走进房间,藤小希三个人就把小菊围了起来,七嘴八舌地发问:"他是谁啊?怎么没听你说过?"

小菊完全在震惊中没有反应过来。她感觉自己从昨天晚上开始,就在做一个稀奇古怪的梦,好像到现在还没醒。

忽然,男生从房间里探出头,在三个女生的背后,做了一个搞怪的表情,接着头顶竟弹起一对儿雪白的、毛茸茸的尖耳朵……

"葡萄?!"小菊吃惊地叫起来。

藤小希被一惊一乍的小菊吓了一跳,莫名其妙地回头。可葡萄头上的耳朵早已经不见了,他一脸阳光地笑着:"忘了自我介绍,我叫朴淘。"

/四/ 美女救英雄

森林公园里的夏天,总是带着葱郁的清凉。三个女生和朴淘走在一起,帮他提着野餐篮子。小菊第一次和三个男生并肩走,感觉有点儿怪怪的,尤其倪奇可是学校里公认的校草。

倪奇好奇地问:"那个男生是谁啊?以前从来没见过。"

只要倪奇和自己说话,小菊就会莫名其妙地脸红,她低着头说:"如果我说,我也是今天第一次见到他,你会不会奇怪?"

"不会。"倪奇一副很了解的样子,"你的健忘,可是全校出名的。"

小菊的脸腾地变成番茄,原来自己的糗事大家都知道了。这时,她忽然听到葡萄的声音在耳边说:"你喜欢这个男生,对不对?"

小菊回头看了看和藤小希正在讲笑话的葡萄,顿觉头皮发麻。可是身旁的声音又说:"别看了。这是分身术加隐身术,厉害吧,要不要我帮你?"

"你要干什么?"小菊忍不住脱口问了出来。可是回答的,却是倪奇一脸的莫名其妙:"我……走路啊?"

小菊的脸,顿时涨红得从番茄变成茄子。

倪奇带着大家转进一片安静的枫树林。日光透过还未转红的叶子，洒下明亮的拼图。藤小希决定就在这片枫树林的树荫下野餐。

可就在这时，一个蒙面"强盗"突然从树后面跳了出来。他怪叫了一声，然后一挥手就把男生们全制伏了。他用力按住倪奇，恶狠狠地说："快，把钱交出来！要不然你就惨了！"

四个女生吓得抱在一起，浑身发抖。而"强盗"又厉声地对女生喊："快点，你们也要把钱都拿来了。"接着，"强盗"竟飞快地对着惊慌失措的小菊调皮地挤了下眼睛。

小菊分明看见他瞳孔里闪过一抹狡黠的紫色。原来是葡萄！小菊这下可不怕了，气势汹汹地走过去说："喂，你别太过分了。"

小菊刚挥了挥拳头，"强盗"就向后连翻了三个跟头说："哇，你太厉害了，我不敢和你打了。"然后飞快地逃跑了。

倪奇几个也从地上爬了起来。他们惊讶地望着小菊说："想不到你这么厉害啊。"

这一天，因为"强盗"的出现，大家悻悻地结束了野营。

从公交车下来，小菊气呼呼地往回走。

葡萄追上来说："喂，我帮你演了这么精彩的美女救英雄，你不谢我，还生什么气啊。"

小菊满脸怒气地说："什么美女救英雄，谁要你来帮啊！这么剽悍的女生，谁还敢交往啊！"

小菊快步走进房间，"砰"的一声把葡萄关在了门外："你是男生，不许进女生房间。"

/ 五 / 葡萄的心事

"依七，内哈，路比，察……"

"轰！"

"栗七，那卡，特比，呀……"

"轰！"

独自在客厅的葡萄，变幻着各种法术。可是好像除了把房子"轰"得乱七八糟，都没什么用处呢。

小菊听了一个小时的"轰炸"，头顶已经快要冒烟了。她拉开房门说："喂，你还让不让我看书了，你再炸下去，房子就要塌了。"

"我只是在试法术嘛。"狐狸模样的葡萄，两只耳朵难过地倒向两边，"为什么没有法术能带我回家啊。"

原来在狐仙的世界，从小就要到天山修炼法术，直到合格，才能请鸟类送自己回到妈妈身边。狐仙的法术，什么都可以找到，就是找不到自己的家。可那只迷糊的仙鹤大叔，却把葡萄忘在了小菊家的窗台上。

狐仙还蛮有意思的，不学习就不让回家。小菊忽然觉得自己做人类还挺幸福的。

找不到家的葡萄，悲伤地蜷在床上，毛茸茸的耳朵也难过地倒向两边。客厅的电视对着沙发孤独地响着，像低低应和的背景音。

小菊忍不住走过去摸了摸他被台灯照亮的耳朵，担心地说："葡萄，耳朵长在这里，下雨不会进水吗？"

"喂，有点儿同情心好不好。我在给你讲心事哎。"

"不就是找不到妈妈了吗，又不是永远见不到。我妈妈去世早，爸爸一年还要出差260天，我不一样活得很开心。"

葡萄却晃着两只大耳朵，啧啧地说："自己的亲人都不在身边，和自己喜欢的人却又不敢说话，你这也叫开心啊？"

小菊的脸一瞬就黑了。她说："人家是在逗你开心好吧。嘴巴真臭。"

说完，她就回到房间，"砰"地关起门："男生真是差劲啊。"

可是葡萄却毫无阻碍地穿过了房门，轻轻转个身说："这样就不差劲了吧？"

小菊呆呆地望着眼前的葡萄，惊讶得说不出话来。葡萄虽然还是原来的模样，却渐渐变成一个明丽清新的女孩。她眨着眼睛，浅浅地笑着，温柔得让小菊以为自己眼花了。

葡萄说："狐仙在成年之前是没有性别的，我们到了成年礼那天再去选择。所以……你不喜欢男生，我们就做闺蜜吧。"

小菊看着漂亮的葡萄说："那……看在你这么好看的面子上，就做朋友好了。对了，你真的叫葡萄啊？"

葡萄又狡黠地眨起眼睛："狐仙的名字，是不能告诉别人的。"

小菊有点儿不高兴地说："你到底当我是不是朋友啊，连名字都不告诉我。"

/ 六 / 法术

不久，微信上传出一条大新闻，云宝山地区突发大面积山崩，一支二十人的地质科考队失去了联络。小菊拿着手机，吓得从被子里跳出来。

葡萄不明所以地问："小菊，出什么事了？"

小菊满脸眼泪地说："我爸爸……我爸爸就在科考队里。"

那天，小菊反复拨打着爸爸的电话，却始终都是不在服务区的机械回答。她担心地站在阳台上，焦心地望着远方昏暗的地平线。

葡萄从厨房拿来了瓷碗和筷子，摆在阳台的地上。

小菊难过地说："葡萄，我现在没心情和你玩。"

葡萄却得意地晃着筷子说："我不是说过嘛，狐仙的法术，什么都可以找到。"

葡萄变魔术似的一转手，凭空多出一把粉色的折扇，轻轻对着自己一扇，身上的花格睡衣，就一瞬变成白色法袍，宽大的裙摆轻飘飘的，后面还拖着一条漂亮的长尾巴。

小菊惊讶地拍着手说："你能找到我爸爸吗？"

葡萄跪在清澈的月光下，用筷子敲了下空空的瓷碗。"叮"的一声飘过，竟盈满了一碗清水。接着，葡萄一下一下地敲击起来，碗里平静的清水便随着敲击声旋转出一个深深的漩涡。

葡萄轻轻拉住身旁的小菊，喃喃地说："水婆婆、梦婆婆带我找到小菊的爸爸吧。"

小菊紧张地盯着瓷碗，希望能一瞬看见失踪的爸爸。可是碗里旋转的水渐渐平复下来，什么也没有发生。

小菊正要发问，可抬起头的那一刻，她才恍然发现，葡萄和她已不在32楼的阳台，竟到了一片黑暗的森林。葡萄正拉着她站在一棵高大的云杉树上，旁边还坐着一只猫头鹰。

"我爸爸呢？"小菊胆战心惊地询问。

"嗯……哈……哦……"葡萄上下左右地看了一圈说，"法术好像出错了。"

"啊？你不是作弊毕业的吧！"

/七/ 山洞奇遇

小菊和葡萄已经困在森林整整四天。葡萄的法术不停地出错。所有的移动术，都是在这片森林里绕来绕去。所有变出来的食物，都是大馒头。

葡萄沮丧地坐在山洞里的地上，现出尖尖的狐狸嘴说："怎么会这样？我可是全班第一名毕业的。"

小菊很不习惯地看着她面前的狐面人身说："是倒数第一名吧？"

洞外的雾气，变得更加浓烈了，牛奶一样涌进洞口。突然，一条黑影飞快地在雾气中闪过。葡萄警觉地拉起小菊说："谁？"

可是洞外静悄悄，听不到一点儿声音。葡萄咬牙切齿地从尾巴上揪起一簇白毛，掷向洞口。那些白色的尾毛在飞驰中，忽然变得无比纤长，迅速在山洞口织起一张密实的网。葡萄刚松了口气，就感觉身后传来一股奇异的力量。只是发现的时候，就已经晚了，那股奇异的力量，是一支黑色的水箭，急速地刺过来。

那一刻，两个人的惊叫都戛然而止，时间仿佛都凝固成了水晶相册。

然而那枚水箭却意想不到的，在小菊面前变成一团黑色烟雾，"砰"的一声散掉了。小菊惊诧地定在原地，一动不动。她大口喘气，焦急地说："葡萄，你没事吧？"

可是身后，竟然听不到一点儿声音。小菊惊诧地转回头，刚才还在山洞里的葡萄突然不见了，就连封在洞口的白色密网，也消失得无影无踪。如果不是手里还攥着一块被捏得变形的馒头，小菊一定当葡萄是自己幻想出来的朋友。

森林中的雾气，已经渐渐地变得稀薄。小菊小心地走出洞口，轻声地喊着："葡萄……葡萄……你在哪儿？"

"小菊，是你吗？"

森林里终于响起了熟悉的声音，但不是葡萄的。小菊惊喜地看见，弥漫着晨曦的雾气里，走出了一支二十人的科考队，站在最前面的，是她的爸爸。

/八/ 鹤和朱鹮

小菊的爸爸在云宝山脉中，发现了一种从未有人发现的矿石，矿石里蕴藏着不可想象的巨大能量。只是从矿坑走出来的那天，森林里起了大雾，等他们从雾里走出来时，就遇见了小菊。

小菊坐在帐篷里，吃着热呼呼的罐头说："不知道吧，你们已经失踪六天了。"

"不可能，"爸爸完全一副不相信的样子说，"我的表才过了六个小时。"

小菊也把自己的手表亮出来，整整相差了六天。这下科学家爸爸也糊涂了，他看着仍穿着睡衣的小菊说："小菊，你是怎么来的？"

小菊不知道怎样和爸爸解释发生的一切，而且就算说了，向来科学严谨的爸爸也绝对不会相信她。小菊只能说："我有一个朋友，和我一起来找你，现在失踪了。不找到她，我是不会走的。"

爸爸知道平时好脾气的小菊，固执起来，一百头牛也拉不回。何况发现矿石的地方，因为山崩，地貌发现了改变，必须重新寻找。于是，他同意了小菊留下来的要求。

小菊和爸爸一起在森林里找了七天，两个人每天都大失所望地回来，谁也没有找到自己想要的答案。

晚上，小菊坐在篝火旁，吃着罐头默默地想："葡萄，就算我天天啃馒头也可以，把你换回来吧。我好不容易才有你这个好朋友。"她一个人望着跳跃的火焰，静静地哭了。

月光透过帐篷的小窗，在睡袋上画出一块白色的光斑。小菊在恍惚的睡梦中听到窗外有两个声音在说话。

"鹳，你又丢东西了，知不知道啊？"

"不知道啊，朱鹳。"

"喂，你每年丢这么多东西。会惹很多麻烦的，知不知道啊？"

"桀桀，不知道啊。"

"那个小白狐在前面的森林里，等着那个女孩呢，你知不知道啊？"

"不知道啊，不知道啊……"

忽然响起一阵羽翅"啪啪"的拍打声，帐篷外又变得安静。可是小菊却高兴地爬起来说："谢谢你啊，朱鹳。"

/九/ 重逢

小菊在落着月光的森林里，看见了葡萄。她穿着白色的法袍，顶着耳朵，像个漂亮的精灵。小菊拉着她："你去哪里了？我找了你很久。"

"对不起哦，其实都是我妈妈搞的鬼，是她让我法术不灵，只会变馒头。她是想考验你,如果我没有法术了,你愿不愿意当我是朋友。"

"你妈妈?你找到她了?"小菊不敢相信地说。

这时,在一棵老橡树的后面,走出一个淡淡的人影。她站在树影中不出来,始终不愿意露出自己的样子。她说:"小菊,你爸爸找到的矿石,是我们赖以生存的能量。所以,我施了山崩和大雾的法术,就是不想他们再找到矿石的位置和路途。愚蠢的人类啊,总是要抢走地球上所有的东西。"

小菊的脸在夜色里变得通红。她抬起头说:"对不起,我回去会告诉我爸不要再找了。"

葡萄妈妈却惜字如金,连告别都没有,就变成一团烟雾,消失在空气中了。

小菊依依不舍地拉着葡萄说:"我们以后还能再见面吗?"

葡萄点了点头:"知道狐仙的真名字为什么不能告诉人类吗?因为不论离多远,只要念起我们的名字,我们就会随叫随到。所以你这个迷糊大王记好了,我的名字是……"

葡萄贴着小菊的耳边一阵低语,小菊忍不住笑出声来:"不会吧,这么搞笑!"

/十/ 她谁啊

新学期开学之前,小菊和小伙伴们决定再约校草们一起去露营。这一天,风和日丽,空气清新。小菊做了超漂亮的便当,准备华丽登场。可是他们再次走过枫树林的时候,一阵冷风吹来,一缕幽幽的女声随着传来。

"救救我……救救我……"

倪奇带着男生连忙跑过去,发现一个穿着白裙的女孩,斜倚在树旁。肤如凝脂,眼藏紫霞。

倪奇问:"你怎么了?"

女孩柔弱无力地说:"我迷路了,已经三天没有吃东西了……"

"噗……"小菊一口盐汽水喷出来。那明明就是葡萄嘛。小菊还没叫她搞笑的名字,她就自动出现了。

小菊的耳边又响起葡萄飘忽不定的声音。她说:"快啊,把你的便当拿过来喂我。我是专门来创造机会,给你表现善良温柔哒。"

可是面对如此动人的"迷路小女孩",哪还轮得到小菊献爱心呢。早有男生抢走小菊的食盒给葡萄拿过去了。

藤小希说:"她谁啊,长得和狐狸精似的。"

小菊咬牙切齿地说:"哼,她就是狐狸精好吧。"

你只要等我回来就好，
笨蛋青玉。

伞妖大人是妹控
文/海德薇莉
图/嘉瑶

/一/ 我才不是偷窥妹妹的变态!

"不用害怕,我无意伤害你。"

现在是午夜零点,青玉家的沙发上坐着一把油纸伞。没错,一把会说话的伞。一分钟前他把青玉从床上揪起来。

"你是……妖怪?"

纸伞分明在这丫头试探的语气中读出了兴奋,他迟疑地说:"在下伞妖落白。"

青玉腾地站起来抓住伞妖使劲摇晃:"哈哈我就知道有这么一天!伞妖兄你会什么招数?能呼风唤雨吗?或者变个人形来瞧瞧。快变一个!放心,我可是资深妖怪迷,不会被吓到。"

"放开我,人类。"伞妖被晃得快吐了。

青玉这才松手神秘兮兮地说:"我知道了。是不是妖界出现了前所未有的危机,需要一个集美貌与智慧的人类少女去拯救?"

"……你真是病得不轻。我只想知道我妹妹在哪儿。"

"你妹妹?"青玉有点蒙。她打量着伞妖,这油纸伞好似年代久远的古物,暗红伞面上绘了一枝清雅白梅,如今很少有人用这种伞挡雨了,若是见过定不会忘记。

"她是什么款式的?"

"谁说我妹妹是把伞!小雪是这世上最可爱的女孩子。只要她开口,哪怕是太阳我都会摘给她。一想到小雪很可能被你这样的人类拐骗,我就坐立不安!"

"我这样的……是哪样?!第一次见面就鄙视一位女士也太没礼貌了吧?亏我对你们妖怪还有所期待。不好意思,妹控妄想症,我没见过如此纯洁无邪的女妖怪。"

"撒谎,我循着她的气息一路找来,不可能出错。"

没有比一个妹控妖怪丢了妹妹并且认定你就是犯罪者更可怕的事了。青玉虽痴迷于妖怪传说,却还不想蒙冤而死。

"有没有可能某样东西沾了你妹妹的气息?"青玉打开衣柜,原本该挂满漂亮衣裙的柜子里竟然一股脑涌出一堆稀奇古怪的玩意儿。落白粗略地扫了一眼,什么《妖怪秘闻》《妖怪大百科》、生锈的剑、年代不明的铜钱等等种类繁多。

"你还真捡了不少破烂。"落白嘲弄地说。

"没一件值钱的?"青玉很失望,亏她还当宝贝似的藏了那么久。

突然落白在几张发黄的咒符下面发现一根梅花簪子,立刻如获至宝地捧在手心,说是手其实只是几根细长的树枝而已。"这是小雪的簪子。"果然青玉判断得不错,器物有时会染上主人的气息。

"我昨天才捡到它。"青玉说。

"在哪里？"

"好像是青浦路的小公园。"

"带我去！"落白命令说。

"现在？"青玉看了眼窗外，要知道这会儿可是半夜。

"就现在。"

"你出去，给我一分钟。"

"干吗？想逃跑？"

"我要换衣服，你打算在一旁围观吗？我以为你只对你的妹妹感兴趣呢。"

"我才不是偷窥妹妹的变态！对你更没兴趣，人类。"伞妖气冲冲地去了客厅，还不忘把卧室门关上。

青玉迅速换上外衣，对于一个妖怪爱好者来说这简直是千载难逢的好机会。"我用不用带把古剑？"她跃跃欲试地拿起一把作势挥了挥。

"把那破玩意儿放下。"落白嫌弃地说。

青玉只好作罢，但出门前还是偷偷抓了把地摊上买来的咒符塞进口袋，说不准会用得上呢。

他们一路小跑来到公园，这个时间别说人了，连只猫都见不到。昏黄的路灯只勉强照亮一小片区域，黑暗占领着大部分世界。白日里繁茂的树丛现在看来都似咧开巨口的怪物，青玉凭着记忆找到了那块空地。

"昨天那簪子就落在这里。"青玉指给落白看。

不知为何话音刚落突然起风了，树叶像被硬生生扯落了一地。

"好冷。"青玉禁不住打了个寒颤。真奇怪，明明已入夏，风怎么会带着寒意？落白似乎也注意到了异样，然而他环顾四周，除了傻站着的青玉并无他物。

"鱼……"青玉突然开口。

"什么？"

"天上有……有鱼。"青玉的舌头打了结。

漆黑的夜幕中一条巨大的金鱼正朝他们缓缓游来，红色的鳞片泛着幽光，无神的眼睛盯着他们。恐惧让青玉慌了神，她跌坐在地上。鱼怪突然张开嘴露出两排尖利的牙，刺耳的叫声仿佛要把耳膜震破。

"快跑！"落白大声说。

青玉回过神时，那伞妖已经跑到百米开外了。

/二/ 等我回来，笨蛋青玉

"这怪物从哪儿冒出来的！你确定这不是你妹妹？"青玉一边跑一边说。

"去死！我妹妹才不是这种丑八怪。"

鱼怪在他们身后紧追不舍，落白试图用树枝织网拦截，却轻易被它破坏。被鱼尾拍断的电线杆在空中划了个弧线，落在青玉前方一米处，直接砸出个深坑。

"这东西不是妖，我感觉不到它的妖气。"落白说。

"那它是什么？"

落白没有作答，反倒问了个奇怪的问题："最近的地铁口在哪儿？"

"地铁早关门了。"

"别啰唆，快告诉我。"

"前面路口右转便是。"

"好。从现在开始把你吃奶的劲都拿出来，跑进地铁直接上车。"

"这个时间怎么会有车啊。"青玉很是纳闷，突然她兴奋地说，"难道是传说中的桃源列车?"青玉在某本妖怪手札里看到过,桃源列车如幽灵般穿行在城市的地下轨道中,如果有人有幸上了车,便可去往极乐桃源乡,但必须用灵魂作为交换。

"没错。"落白用枝条缠住路旁的汽车朝鱼怪砸去。

"车上有个叫艳水的妖怪,很不好惹。"

"她能帮我们解决鱼怪?"

"不一定,也可能把我们丢下车喂鱼。"

青玉一边感叹妖怪真是不靠谱的存在一边又为自己能否见到明天的太阳担忧起来。

地铁口白色的光如同茫茫大海上一座灯塔,青玉冲下阶梯的时候,鱼怪呼出的腥气已经近在她耳根后颈,仿佛一张口就会将她吞进去。而青玉朝前望去,正如落白所言,本该空荡荡的轨道上竟然真的停着一辆列车,里面空无一人,关门的警报正在鸣响。

"快点!"落白已先一步上了车,可青玉却被鱼怪吐出的黏液粘住了鞋子。

眼看就要来不及了,落白伸出细长的枝条缠在她腰上,硬生生把她扯进了车厢。车门"砰"的一声关闭,巨大的鱼怪重重地撞在车门上。

值得庆幸的是,列车很快运行起来,眨眼的工夫怪物已不见踪影。

"我已经很多年没见过赤鳞了,上回见还是浅山寺重修的时候。天降暴雨,一个锦盒被埋入地下。"一个女人就坐在门边的座位上慢条斯理地说着话。

青玉已是筋疲力尽,她抬起头正巧与那双媚人的狐狸眼对上。

她的话让青玉想起浅山寺后山的鱼形雕塑,怪不得总觉得鱼怪眼熟。

艳水不知从何处变出个铃铛,细长的手指轻轻摇动,从她的衣袖里飞出无数只鸟儿,艳丽的羽毛落满车厢。艳水捡起一根翠绿的尾羽在手中把玩。

"区区伞妖，胆子倒不小。"

"不用你来教训我。"

原本欢快的小鸟突然安静下来，艳水眯起眼睛说："小家伙，不要太嚣张。"

青玉突然冲上来握住艳水的手："姐姐你就是妖怪中的第一美人艳水吗？刚才一对视我都被迷住了！"

"你知道我？"艳水狐疑地问。

"当然。我在很多妖怪典籍里看到过你的名字，一直都想见见传说中的超级美女。"

落白把她扯回去低声训斥说："你在胡扯什么？"

"我在救你，笨蛋。你不懂，女孩都爱听这个。"

艳水果真被取悦了，她说："也许有人想去护城河边逛逛，说不准会遇上迷路的小女孩呢。"

不一会儿列车再次驶进站台，缓缓停下。落白早已迫不及待地站在门前，青玉又凑到艳水身旁小声问："那鱼怪还会袭击我吗？"

"会的，不过赤鳞喜暗，到明天太阳落山前你都是安全的。"艳水狡黠地说，"我很喜欢你。去黑蚁书店吧，在你被吃掉之前。"

青玉下了车，又掩不住好奇心回头问："列车的终点站真的是桃源乡吗？"

"答案要用灵魂来交换哟。"

车门再次闭合，艳水的笑声也随着列车飘然而去。青玉端详着手中的绿色尾羽，不知艳水作何用意。

"我得先去护城河附近找小雪。"落白看了看天，东方已泛起浅白的光。

"赤鳞是冲着你来的,对吗?"青玉说。

"你想说什么?"

"现在鱼怪也盯上我了,我觉得我有必要了解真相。"

"把你卷进来并非我本意,但我没时间跟你解释。我必须去找小雪,傍晚之前一定会回来,不管你信不信。"

"虽然相信妖怪的承诺很可笑,但我不是普通人。"青玉眨了眨眼睛,见落白有些惊讶,她又噘起嘴巴说,"刚才我被赤鳞困住的时候,你完全可以不救我,可你没那么做。"

"真拿你没办法。等我回来,笨蛋青玉。"落白笑起来。

青玉看着落白匆匆消失在薄雾缭绕的街尾,抬手捏了捏自己的脸,些许痛楚让她确信这不是个梦。

/ 三 / 这只妖怪看起来好像很好吃

黑蚁书店是个极其不起眼的二手书店,卖些少有人问津的古籍旧本。青玉四处打听才找到地方,进去的时候只有店长在,那个面庞清瘦的男人从书堆里冒出头来,瞥了眼青玉手中的尾羽,默不作声地起身关上店门挂上"今日打烊"的牌子。

"说吧,什么事?"男人的嗓音有着金属般的质感,细边眼镜后面一双锐利的眼。

青玉复述了之前发生的事。

"赤鳞……"店长皱了下眉,手指摩挲着下巴思索了片刻,"看来只能找箱底怪了。"

"……箱底怪?"青玉一脸茫然。

店长面无表情地说道:"你不是妖怪爱好者吗?这都不知道,太业余了。"

"抱歉。"青玉下意识地道歉，可她转念一想：不对啊，店长怎么知道我是妖怪迷？

"别傻愣着，来干活。去找本旧书，越旧越好，它们喜欢旧东西。"

青玉开始翻找，终于从犄角旮旯里捞出一本，上面的灰尘足足有一厘米厚。然后青玉按照店长的吩咐念起咒语，谁知话音未落一个庞然大物毫无预兆地撞了进来，眨眼的工夫书店变成了废墟。木门挤变了形，书架四分五裂，堆积如山的书籍像垮塌的碎石砖块遍地都是。

青玉从书堆里艰难地爬出来，还未搞清楚状况就摸到一个湿漉漉的硬片，定睛一看竟是一块被蹭掉的红色鳞片，她大叫一声把鳞片扔到地上。

就在这时一个人捂住她的嘴把她拽到身后，青玉抬头一看，是店长。

"是……是赤鳞。艳水说它白天不会出来的啊。"青玉哆嗦着说。

店长比了个手势："嘘——我知道。"

突然青玉听到身后传来窸窸窣窣的声响，接着一些只有指甲盖大小的箱底怪出现在她的视线中，其中一个穿蓝布兜的显然是它们的头领，正用青玉听不懂的语言指挥其他人。它们抬着一个大酒坛走出来，倒进赤鳞的嘴里。

起初那鱼怪还发出恐吓的声响，但箱底怪们似乎并不怕它，不一会儿赤鳞便不作声了，空气里弥漫着一股奇异的酒香。

"……它死了？"

"哪有那么容易，只是把它灌醉了而已。"店长走到赤鳞旁边踢了一脚说，"不知道肉质怎样。"

"您要把它炖了？"

"怎么？没吃过妖怪？"

这时有人扯青玉的裙边，一低头那个蓝布兜箱底怪正一脸期待地指着她的裙子。

"它想干吗？"

"它要什么你最好都给它。"店长说。

青玉看到胸口的蝴蝶结脱了线，她一使劲拽下给了它。蓝布兜如获至宝地把蝴蝶结抱在怀中冲青玉鞠了一躬。

"赤鳞如此迫不及待，确实很反常。"

"昨晚艳水提到了浅山寺，赤鳞和后山的鱼石雕有关系吗？"

"赤鳞没有妖气，若真是寺里和尚用池中鱼点化成精的，必定是镇守之物有了异动，不然它们不会被唤醒。"

"我想落白是最清楚的，不过他一心只想着找妹妹。"

店长朝外看了一眼，天色骤变，雨水将至。

店长低吟一句："不祥之兆。出门前我先把鱼炖上。"

/四/ 你要和这个小姐姐私奔吗？

他们一起前往护城河边寻找落白，雨越下越大。刚到河边就听到一个女孩在发飙，说是生气倒不如说是娇嗔。

"你快把东西还回去！"小雪气得脸颊红扑扑的像涂了胭脂。她肌肤如雪，雅白丝绢遮住眼睛，梅花簪子插在乌黑的发间。

这么漂亮的小姑娘，只可惜是个瞎子。

"我不还！妹妹必须听哥哥的！"

"明明都是你听我的。"

"好吧，虽然以前是这样，但今天你必须按我说的做，没得商量。"

"我会讨厌你的哦，再也不叫你哥哥了。"

"不——小雪！不要对我这么残忍，我可是你亲哥啊！"落白的哀号让青玉忍不住上前阻止这幼稚的对话继续下去。

"恐怕太阳下山你们也辩不出胜负。"
"你怎么来了？"前一秒还失声痛哭的落白瞬间恢复了冷静。
"赤鳞刚才差点吃掉我。"
"不是说白天不出来吗？"
"所以我来问你真相。再等下去，恐怕我们都得没命。"

落白扭捏半天才开口："小雪的眼睛看不见，我一直想让她重见光明。偶然听闻浅山寺后山埋了件宝物，叫心目，可以恢复视力，所以我就把它偷出来了。"落白掏出一个锦盒，正欲打开，却被店长一把按住。

"你错了。心目又名水衍，是极其凶险的邪物，不仅不能救小雪还会害她被操控。"店长说。

"所以赤鳞才会如此反常急于追回水衍？"青玉说。

"没错。必须尽快把锦盒放回原处，不然会酿成大祸。"

"没想到我竟干出如此愚蠢之事。"落白懊悔地说，"我现在就将它送回！"

"我知道去后山的近道。"青玉说。

"你们先去，我打个电话。"说着店长就走到一旁淡定地从兜里掏出手机。

"这时候还有闲心打电话啊。"青玉忍不住吐槽。

"我也去。"小雪说。

"不行，你待在这儿等我。"

"你要丢下我和这个小姐姐私奔吗？"

"私……私奔？！小雪你怎么会知道这个词？是哪个浑蛋灌输给你的，我要去干掉他！"

-107-

眼看落白又要失控,青玉拦住他说:"不然让小雪和店长一起先回去。"

落白压低声音说:"这个戴眼镜的靠谱吗?"

"他家厨房正炖着一条赤鳞。"

落白瞬间打消了疑虑。

青玉深刻体会到人和妖怪体力的差距,虽说身负使命全力以赴,可还是被落白数落腿脚太慢,像乌龟在爬。终于落白没了耐心,他说:"抓住伞柄。"

"你要干吗?"青玉双手握紧伞柄,落白又不放心地伸出树枝缠住她的手。

"想不想体会飞是什么感觉?"

青玉明白落白要做什么了,可她还没来得及反应,风已经在耳边吟唱,行人变成了移动的小点。裙摆和长发肆意飞扬,青玉俯瞰着雨雾中的浅山,禁不住轻笑出声。

"笑什么?"

"你可没说过你能飞。"

"这算什么,我真身你还没瞧过呢,帅气逼人。"

"你就吹牛吧。不怕你笑话,在看妖怪小说的时候我总是幻想自己也参与其中,却没想真有这么一天。"

"我也没想到会和一个人类扯上关系,不过感叹的话还是等之后再说吧。"

几条赤鳞在浅山寺上空游荡,像是正等待他们到来。

/五/ 谢谢你,青玉

落白带着青玉降落在后山的树丛中,小心翼翼地朝那块埋水衍的空地靠近。不知是不是赤鳞感知到了他们的气息,开始警觉地在周围梭巡,发出可怕的叫声。

"这可怎么办?"青玉说。

"即使躲在这里,它们很快也会发现我们。"

"关键时候还得我来。"小雪突然出现在他们面前,浅笑嫣然。

青玉没看到店长的人影。

"这么危险你跑来干吗?"

"我能帮你们掩盖气息。"小雪说着伸出手指轻触青玉的额头,一阵凉意灌入体内。青玉发现她的身上浮现出一圈白光,仔细看是许多细小的雪花。

"雪有净化之力。"

"说实话,你是不是还不如你妹妹厉害?"青玉一边猫着身子接近空地一边说。

"喊,我只是深藏不露。"落白看了看天,果然小雪的办法很见效,那些赤鳞看不到他们。

落白再次拿出锦盒,可盒中妖物已活动起来。黑色的妖气从锦盒缝隙中不断渗出,沾到青玉身上竟轻易吞噬了雪光。她惊恐地看向落白,对方身上的白光也几乎消失殆尽了。

小雪惊慌地喊道:"那妖气太强大了,我压制不了它。"

落白竭尽全力把锦盒按进地下,可更大的危险近在咫尺。赤鳞发现了他们,青玉一边帮落白按住锦盒一边抬头看去,她想这回真的完蛋了。

突然不知从何处飞来一只蓝鸟落在一条赤鳞身上,紧接着无数只鸟飞来形成五彩帘幕,而艳水身着羽衣飘在空中,一旁的大鸟上坐着泰然自若的店长。

青玉大大地松了口气。那妖物却还想冲破盒子,青玉忽然想起她兜里那几张咒符,全掏出来盖在锦盒上。

没想到竟真起了作用，咒符发出金光将锦盒紧紧缠住，没一会儿盒子就不再动弹了。

"看来我捡的也不都是破烂。"青玉得意地说。
"狗屎运而已。"落白说。
当锦盒被重新埋下时，赤鳞也再次变回石雕。
青玉忍不住抱怨起店长："早知道你去搬救兵，我们也不用这么瞎忙活了。"
店长推了推眼镜，说："那我岂不是要少很多乐趣。"

小雪撑起落白，经过雨水的洗礼，原本灰暗的油纸变得好似春日红花。然而分别来得突然，落白说："谢了，青玉。以后少捡点破烂，不是所有妖怪都像我这么好。"
青玉也不与他争辩，她看着小雪蹦蹦跳跳地消失在远处，似乎耳边还能听到落白的唠叨："小雪，慢点！"

还有一件事青玉很好奇。
"店长，你究竟是什么人？"
"妖怪爱好者而已，骨灰级的。"
"鬼才信呢。"
"鱼应该炖好了，想吃就跟来。"

早在我没发现的时候,
我就已经很在乎你了。

少年,三个愿望好像不够

文 / 碧纱洛尘
图 /DAZUI

/一/ 今天起您就是我的主人，我会帮助您完成三个心愿

凌希亚怀疑自己在做梦。

她昨天才刚刚参加过 B 市的园艺博览会。在会场发现那棵无人认领的可怜小树苗时，她动了恻隐之心，将它带回家移栽到了庭院里。然而第二天清晨，她揉着眼睛从睡梦中苏醒，便发现窗外笼了一树绿荫，无数粉白色的花苞藏于其中——

那棵小树苗，竟然在一夜之间长成了参天大树。

凌希亚直到站到这棵树面前都还不敢相信自己的双眼。它繁茂得满是鲜活绿意，笼罩了大半个庭院，花苞又像是桃心形繁星。凌希亚即使精于园艺，仍然无法辨别它到底是什么品种。

老管家在身后战战兢兢，建议小主人将这棵来路不明的树送走，凌

希亚却有些犹豫。微风吹过时，鲜嫩的枝丫随风晃动，椭圆的光斑便随之跳跃。凌希亚像是一瞬间被什么蛊惑，上前将手掌贴上粗糙的树皮。

这一瞬，树干突然变成了水一般柔软的触感。凌希亚惊得往后退了两步，就见褐色的树干中荡漾着波纹，整棵树突然发出金子般耀眼的光芒，花蕾在煦风中渐次绽放。

而后，从荡漾着的波纹间，走出一名有着琥珀色温柔眼瞳的美少年。

他来到已然呆滞的凌希亚面前，微笑着鞠躬行礼："感谢您将我带回来栽种。从今天起，您就是我的主人，我会帮助您完成三个心愿。"

良久，凌希亚才从震惊中回过神。面对少年真诚期待的眼神，她只是冷静地退开："抱歉，我不需要。"

/ 二 / 说好要当朋友的，怎么可以轻易消失

少年自称叫夏梓宸，白天幻化成人，晚上则回到树中休息。凌希亚纳闷地问他是不是树精，夏梓宸居然一脸受伤："我看起来像是那么低等的种族吗？"

但夏梓宸也说不清他到底是什么，只知道他的任务是帮主人完成三个心愿。

凌希亚并不觉得自己有什么心愿需要实现。她家境优越，自己成绩也好，平日更是朋友环绕，这样的她，还需要什么愿望呢？所以即使夏梓宸再苦恼，她也无能为力。

直到周末，凌希亚请了好几个朋友到家里来玩。大家在庭院漫步时，朋友华静说想看看她新买的玩偶，她便回房间去拿。等她带着那只限量版玩偶回到庭院树下时，却发现朋友们正肆无忌惮地商量着如何从自己手中弄到玩偶。

"反正她也就这点用处了。"

嘴唇被咬成苍白,凌希亚握住玩偶没有吱声。夏梓宸却不知从哪里出现,打断了她们:"说这种话,你们还算是她的朋友吗?"

凌希亚恰在这时走出来,带着一脸不知情的无辜笑意。朋友们大概是心虚,片刻后便借口有事匆匆离去。

凌希亚坐在树下,柔软的草坪渐渐抚慰了焦躁的心。

"你那些'朋友'根本不是真心的。"夏梓宸在她身侧坐下。

凌希亚又怎么会不知道?她太过优秀,从小身边的同龄人便不是艳羡就是嫉妒,极少有能交心的对象。但有这样的"朋友",她至少还能欺骗自己她并不孤独。

"我来当你的朋友吧。"

夏梓宸温柔的声线让她一惊,她不由得侧过脸,就见他在夕光中微笑,露出小小虎牙:"我知道这是你的愿望。"

凌希亚呆愣片刻,猛然起身:"不用你管。"

被这种莫名其妙的家伙戳穿伪装本身就够令人生气了。

更重要的是,她才不需要别人的同情和自以为是。

但夏梓宸却不肯善罢甘休。次周,凌希亚便发现夏梓宸作为转学生出现在了自己班上。被同学们环绕的他仿佛油画上走出来的欧洲贵族王子,凌希亚不想看他,只好将目光转向窗外的飞鸟。今天自己周围似乎格外清净,没有了怀揣坏心搭话的朋友,就连平时常常骚扰自己的那个学长也不见踪影,只是每当凌希亚无意回头,都能看到坐在自己后排的夏梓宸朝她微微一笑,眼神明亮如星。

说要当自己的朋友,也不过如此。虽然是她故意不理夏梓宸,但夏梓宸好像也没有丝毫想接近她的意思。

暮色初降时分，凌希亚背上书包，踩着自己的影子走在校园里，忽然被人叫住："凌希亚！"

是同班的一个女生。她看起来慌张至极："夏梓宸因为白天帮你挡开白磊的骚扰，被他们报复，现在正在后巷！"

白磊——那是一直纠缠自己的学长的名字。怪不得今天这么平静！

凌希亚赶到后巷时，夏梓宸已经被白磊他们一群人围在中央痛殴。视线从拥挤混乱的人群挤进去，只能看到夏梓宸抱头躺倒在地，干净的白衬衫染了脏污。

"你们快住手！"

呐喊毫不起效。凌希亚拼命冲上前，却被白磊拦住，而夏梓宸微微仰头，似乎是想说"回去"，却没能发出声音。

不知哪里飞来一只蓝翅蝴蝶，翩然落在战圈中央。忽然，空气像烟雾般晃了晃，夏梓宸的身体逐渐透明，直到在众人惊愕的目光中彻底消失。

人群惊慌而散。凌希亚一步步走向夏梓宸消失的地方，伸手，触到的却是冷硬的碎石地面。他除了能幻化成人，似乎并没有什么其他魔力，就连被围殴都只会乖乖被打。

而消失，该不会就代表他生命的结束吧？

不，不会的。凌希亚坐立不安地坐上专车回家，在飞驰倒退的街景中想起少年清秀的脸。他曾经微笑着说："我来当你的朋友。"

说好要当她的朋友，怎么可以轻易消失？

但家中也没有夏梓宸的身影，没有那个手捧牛奶安静读书的少年。临睡前，凌希亚下意识地看向窗口，上弦月安静地悬在夜空，风过，吹进室内满地落花。

耳畔突然传来新蕾破开的声音。凌希亚迅速趴上窗台，少年的脸便渐渐从树中浮现。他在落花中睁开双眼，看见凌希亚，便眉眼弯起："我回来了。"

"夏梓宸……"她紧握双拳，大喊，"你这个笨蛋！"

默默替她赶走骚扰她的学长，以为她就会感激他了吗？不，她只越发觉得夏梓宸是个笨蛋。如果不是有人通知她，她甚至都不知道他曾为她受伤！这样的话，付出还有什么意义？

但不可否认，看见那双温柔的琥珀色瞳仁时，凌希亚心中的空洞终于被填满。

夏梓宸在夜色中微微偏头，似乎毫不介意被骂："难不成，你在关心我？"

凌希亚突然满脸通红，夏梓宸便再次微笑，伸手揉上她的发。

"谢谢。"

柔软温热的触感，轻轻拨动心中的七弦琴音。

/ 三 / 如果你没出现，这一切根本不会发生

凌希亚决定认夏梓宸作小弟。如果夏梓宸再遇到像上次白磊这种事，她无法想象还会发生什么，如果将他和她的名字连在一起，至少对方会因为凌希亚和她的家境而有所忌惮。

但这个建议却遭到夏梓宸的强烈反对。

少年在下午茶时分将茶杯重重搁到桌上，清秀的眉皱起："朋友应该是平等的。"

凌希亚不肯退步："但这种方式最合理啊！万一……"

"我成为你的朋友，不是希望得到你的保护。"

夏梓宸的语气很严肃。凌希亚定定地看了他半晌，确定他心意已决，终于也将杯中的锡兰红茶饮尽，率先离席："随便你。"

如果不是因为怕他受伤，她才不会提议这种事。既然夏梓宸不识好

人心，那么他从此做什么、怎么样，便与自己毫无关系。

但视线中却总会出现夏梓宸的身影。他固执得像闻见肉香的小狗，凌希亚上课偶尔答不出问题，他便会悄悄在本子上写下答案推到她面前；上体育课时，凌希亚才刚刚结束八百米跑，他便会恰好递上一瓶水，也不管她要不要。凌希亚并不是没有动摇，但每当看到夏梓宸似乎什么都没发生过的明朗笑意，她都会觉得是不是自己做错了——如此，也就越发羞愧，越加难以开口和好。

只是，夏梓宸原本人缘就很好，在女生中更甚，可他的好意却一再被凌希亚拒绝。时间一长，女生们对凌希亚的不满终于发展成了集体抵制。在新一届学生会换届选举上，凌希亚胸有成竹地完成了准备了足足一周的演讲，走下讲台时眼中都带着骄傲的光。然而到了投票选举环节，老师宣布可以举手时，凌希亚悄悄环视教室，却发现没有一个女生将票投给她。

理所当然，凌希亚以前所未有的惨败输给了其他竞选者。夏梓宸找到她时，是在学校的天台上。落日的余晖洒满天空，而晚风轻轻扬起她单薄的裙角，长发如飞。

"希亚。"

凌希亚回头，看清来人后，脸色迅速冷下来，再度一言不发地转头。

"你还好吧？"夏梓宸递来外套，示意她披上，眼中的担忧毫不作伪，在凌希亚看来却格外讽刺。

"你干吗要对我这么好？为了突显我有多无情，你有多无悔付出？然后让大家都站到你这边，让我当坏人，再狠狠地失败？"

凌希亚从来优秀，从未失败，也根本不应有失败。她甩开夏梓宸的手，外套随之落到地上。

夏梓宸愣住："我不是那个意思……"

—117—

苍白的言语在凌希亚耳中却只是好笑:"你够了!自作主张地要做我的朋友,擅自替我挡下别人的骚扰,对我好,又把我推到这种境地!如果你没出现,这一切根本不会发生!"

夏梓宸的眼中闪过一丝受伤的神情,他不再言语,沉默地捡起外套,再度向凌希亚走来。而凌希亚还在继续:"如果你可以实现愿望,那你听好——我希望你消失。"

言语脱口而出时,凌希亚自己都一惊,而夏梓宸已经微微点头,嘴角浮现出苦涩的弧度。他附到她耳边:"如你所愿。"

少年的身躯飘散在空中,只有外套从半空中落下,轻轻落在凌希亚肩上,带来寂寞的暖意。

/ 四 / 因为我不知道什么是在乎一个人

夏梓宸这次好像真的消失了。没有了他,庭院里那棵树仍绿荫如盖,凌希亚也如同从前,一个人坐专车上学,看车窗外少男少女在车站打闹,一起坐上开往校园的公交车,心中却有处空落落地难受。

偶尔在课间回头,她甚至错觉仍有那么一道目光,静静地落在自己背后,温柔而执着。

凌希亚生日时,整间别墅都装点上了斑斓的彩灯,各色礼物如同小山般堆得老高。她在父母和老管家的陪伴下吹熄了三层蛋糕上的蜡烛,那一刻四周乐声悠扬,独独没有夏梓宸的祝贺,她终于意识到——她想念夏梓宸。

所以在许下生日愿望时,她将第三个愿望给了夏梓宸。她许愿,希望能再见到夏梓宸。

当夜,窗外的繁花落了大半,纷扬如雪。凌希亚坐在窗边,感到有谁从身后蒙住自己的双眼。她拉下那双手掌，夏梓宸亮如星辰的双眸便赫然出现在眼前："你在等我吗？"

凌希亚心脏跳得飞快，摇头不肯承认。夏梓宸只笑而不语，彼此都明白如果不是她的愿望，他不可能再度出现。

只是在快把窗帘的边角揉烂时，她终于轻轻道："对不起，我不是有意的。"

"我知道哦。"夏梓宸拍拍她的脑袋，嘴角轻扬，"没关系。只要是你的愿望，我就会帮你实现。"

心里泛起暖意的同时，一根细小的刺不偏不倚地卡入。凌希亚几乎忘了，夏梓宸是为了完成她的愿望才留在她身边的。这是他的任务，也许，并不是出自真心。

意识到这一点后，凌希亚再也无法如同往常般看待夏梓宸。她开始小心翼翼地窥伺夏梓宸在对她好后是否露出一丝不耐，也更加关注他对周围人的态度。这样的感情陌生而尖锐，她无法自在地靠近他，更不愿别人接近他，仿佛心爱的宝贝会被人夺走。

终于在目睹夏梓宸和一名女生开怀聊天后，她扭捏地将他拉到无人的教室。

"最近你好像和隔壁班的石薇走得很近？"

"嗯，她和我都是音乐部的嘛。"

凌希亚的手指在桌上无意义地画圈："那我呢？"

夏梓宸失笑："怎么了？忽然这么问？"

他的眼神澄澈无辜，好像根本不明白凌希亚在说什么。凌希亚再也无法忍耐："我……我希望，你只在乎我一个人。"

话一出口，她已然满脸通红，却仍等待着夏梓宸的回答。

她知道自己这样很狡猾。这既是告白，也是许愿，而只要是愿望，夏梓宸一定会为她实现。

但迎接她的却是一片沉默。良久，夏梓宸在近乎凝滞的空气中开口："对不起，我做不到。因为我，不知道什么是在乎一个人。"

/ 五 / 夏梓宸，你这个大笨蛋

凌希亚一度怀疑夏梓宸在撒谎，但凭她对夏梓宸的了解，她知道他没有。他是真的不明白在乎一个人的感觉。

之前，他为自己所做的种种似乎都成了笑话，到头来，他居然真的只是为了完成任务。凌希亚躲在被窝里哭出声，却有漫长的沉默紧随其后，沉重如铁。

夏梓宸已经好几天不见踪影。凌希亚知道他是因为无法完成自己的愿望，心怀愧疚，因此躲入了树中。但一次两次后，凌希亚的呼唤最终都落空，当失望渐渐转为担忧，她终于明白，比起无法完成自己的愿望，她更在意的是他好不好。

初雪降临的那天，她对大树合掌许愿："我要重新许第三个愿望：夏梓宸，我希望你陪我一起去一次游乐园。"

夏梓宸自树中走出，踏着吱呀作响的积雪来到她面前："你真的要重新许愿？"

凌希亚坚定地点头。

如果夏梓宸希望尽早实现她的三个愿望，完成任务，那么她可以帮他做到。因为她也希望夏梓宸开心。

他们在圣诞前夜来到游乐园，完成了一场梦幻般的约会。

如果夏梓宸不说，凌希亚几乎会错觉他真的是在乎自己的。不然，他也不可能在拥挤的人潮中用身体护住自己不被冲撞，不可能看她渴了就去买来暖暖的柑橘姜茶，更不会在看向自己时，眼中有纯粹而不含杂质的快乐，仿佛耀眼辰光。

两人最后一起坐了摩天轮。小小的车厢阻隔了世界，只留两人在空中缓缓上升，俯视遥远的地面与人群。夏梓宸专注看向窗外的侧脸很美，轮廓沉浸在淡淡灯光中，安然得不似凡人。凌希亚在心中祈祷这一刻不要结束，但摩天轮终于到达顶端，开始下降。

这时，一阵刺耳的金属声传来，凌希亚惊恐地发现观光车厢正在不受控制地歪倒。

窗外火花闪动，是摩天轮突然发生了故障！

夏梓宸抓住了车厢的栏杆，另一只手想来抓她，两只手掌却在空中交错而过。车厢门在冲撞下猛地敞开，凌希亚不受控制地往车厢外坠去，视线所及是夏梓宸惊慌失措的表情。

身体在空中飞速坠落，耳畔是呼啸的风声，她闭眼，想迎接最后的结局，却从极近的地方传来熟悉的声音："希亚，别怕！"

她猛地睁眼，就见夏梓宸已经不知何时跃出车厢，从半空中紧紧抱住自己，脸上是极力抑制着恐惧的温暖的笑。

他们最终坠落在游乐园的塑料顶棚上。有了缓冲，再加上恰好避过了钢材掉落的地方，凌希亚被护在夏梓宸怀里，居然奇迹般地只是受了点轻伤。

但夏梓宸的身体却再度逐渐透明。不祥的预感涌上，凌希亚慌张地握住他的手："你还会再从树里出来吧？"

夏梓宸只是抱歉地摇头，紧握的温度又稍稍流失了一些。

"这次，回不来了，对不起……"

这时她才知道，原来夏梓宸在帮人实现心愿时会有三次重生的机会。而夏梓宸之前已经用其中一次重生的魔力换取了转学生的身份，再加上之前两次重生，这次，他只能彻底消失。

雪停时，少年化作闪亮的光点远去，凌希亚的泪水终于不受控制地涌出。她声嘶力竭地喊："夏梓宸，你这个大笨蛋——"

再无人回应。

/六/ 这次，我永远都不会再消失了

夏梓宸消失后，那棵树上盛放的残花一夜间全部枯萎，空留孤零零的枝丫。

凌希亚细心地将落花全部收集好，装入透明玻璃罐里，香气便一直伴着她入眠，如同夏梓宸还在时，每夜都有花香伴她好梦。

她依旧孤单，却不再觉得孤独。暖洋洋的午后，她会靠在逐渐长出新芽的树下，读几页书，对它说话。她会问："夏梓宸，你觉得这本书怎么样？"

来年春天，树终于再度开花。一朵朵，花开似锦，铺满她窗前。她抬手弯下一根枝条，细嗅花香，随口道："夏梓宸，我的园艺技巧是不是又提升了？"

"确实很棒。"

凌希亚惊得缩回手。她循着声音望去，就见穿着白衬衫的少年站在庭院门前，如同初时那般微笑走来，琥珀色的眸子满载温柔。

"夏梓宸？"

他握住凌希亚的手，放在自己胸口，那里有温热的心跳："是我。"

凌希亚疑惑不解，夏梓宸便说起一段旧事。

原来，他原本就是人类，却因为生性淡漠疏离而无视了一位少女对他的感情。擅长咒术的少女惩罚他身体陷入沉睡，而灵魂依附在树上，

每次他都得为所遇到的主人实现三个心愿,只有有一天他发自真心为别人付出时,诅咒才会破除。而在凌希亚面临死亡威胁时,他终于感到惊慌,甚至不惜牺牲自己换来她的生存。因此,诅咒失效,他花了近一年,终于重新找到了凌希亚。

　　"在我还是'灵'的时候,历任主人都把我当作实现心愿的工具,只有你因为我的消失而关心我。大概,早在我没发现的时候,我就已经很在乎你了。"

　　他第一次重生那夜,落花飘飞,而他从沉睡中醒来,第一眼望见的就是少女含泪怒骂的双眸。那是他见过最凶、却也最温柔的双眸,足够他用一生将她捧在掌心。

　　"这次,我永远都不会再消失了。"
　　一树花开。
　　树下,他将凌希亚紧紧拥入怀中。

妖又如何，你不也是妖，
还不是纠缠着她？

帅即正义！芹菜也吃人

文 / 孜然羊肉

图 /J

/一/ 中奖了！

蔡小青顶着乱糟糟的鸡窝头和一对熊猫眼，晃晃悠悠去超市狂卷了一个星期的泡面，但她做梦也没想到会抽中个安慰奖。虽然奖品只是一把芹菜，但也总好过连买三十箱菊花清茶都只在瓶盖里看到"谢谢惠顾"。

回到家里，欣喜劲还没过，就又发生了一件让蔡小青做梦都没想到的事情。

"你你你……你到底是谁？"

蔡小青举着随手抄起的平底锅，全身警戒大开，目不转睛地盯着眼前的男人。

"是你将我带回来的。"

男人睁着一对清澈无辜的双眸，微微偏黄的头发凌乱地耷拉着，表情楚楚动人。鸡心领的白色T恤让男人的胸线若隐若现，磨白的深蓝色牛仔裤尽显干净纯粹。

"告诉你，爷可不是好欺负的！限你十秒钟之内消失，不然我就不客气了！"蔡小青躲在锅后，探头探脑地威胁道。

她的不客气可不是危言耸听，毕竟她天赋异禀，力能扛鼎，堪称女子当中的李元霸。

不过这人的白T和牛仔裤看起来好眼熟……

蔡小青好像突然想起了什么，慢慢地低下头，果然，他和自己穿得一模一样！

浑蛋！这个看脸的世界！为什么一样的衣服穿在我身上邋里邋遢，他穿上就好像浑身镀金了一样光芒万丈！

"姑娘你听我说，我其实是山间修炼的一株芹菜精……"

"哦，那咱俩是同行，我原本是山间一棵包治百病的板蓝根。"

"姑娘，你若不信，我恢复真身给你看便是。"

为了证明自己的话，男人还未等蔡小青反应过来，就全身被一道光芒萦绕，一缕青烟过后，男人不复存在，而其站过的位置却安安静静地躺着一株芹菜。

蔡小青瞠目结舌地看着眼前发生的一切，双眼斗鸡，"咚"的一声，倒在了地上。

"所以，你只知道你是个芹菜精，要来这里找内丹，其他都不记得了？"蔡小青一手叉腰一手撑着下巴，直勾勾地看着对面的人。

男子郑重其事地点点头。

"那你的内丹在哪儿？"

男子茫然地摇了摇头。

眼下发生的事情别说科学无法解释，恐怕连科幻都无法解释。聊斋里见过狐狸精蛇精，怎么这年头芹菜也练成精了。我是不是应该把他丢掉？那他会不会报复我，吸我的精气……

"还请姑娘行个方便，我并无恶意。"

蔡小青胡思乱想之际，男子率先开口。

见对方可怜兮兮的眼神像是被遗弃的小狗，蔡小青圣母光辉闪现。

芹菜，还能降血压，应该不是什么恶妖吧。

"留下可以，但你不许给我惹祸。"

男子用力地点着头。

"没有名字，我该怎么叫你呢。"蔡小青暗自思忖着。

芹菜，西芹，芹菜叶，有了。

"就叫叶秦西吧。我叫蔡小青。"

蔡小青友好地伸出自己的右手。

叶秦西愣愣地看了看蔡小青的手，低下头红着脸说："男女授受不亲……"

/ 二 / 那个女生是谁？

中心公园角落里，一柄黑色的大伞肃穆地罩着蹲着的二人。

"你确定这样能找到你的内丹吗？"蔡小青蹲在地上，双手托着脸颊，眼睛凝结成了小黑点直视前方。

叶秦西并没有答话，微蹙着眉聚精会神地看着人群从他面前走过，一边意犹未尽地舔了舔手指。

"你到底是一棵芹菜，还是一只香菇……"话没说完，蔡小青就一脸嫌弃地瞥了瞥身边的男人，昨晚一口气吃了她十包辣条，还没吃够？！

见叶秦西始终不说话，蔡小青索性跳出伞外，双手叉腰质问道："怎么鉴别内丹在谁身上啊？"

叶秦西看向蔡小青，随之又低下双眸，微微嘟着嘴，像是犯错误被班主任抓包的小学生："我也不知道。"

"什么？！"

自己辛辛苦苦腿都要废了，因为他不能长久接受太阳直射而陪他蹲在伞下，一路上忍受了多少路人的侧目与嗤笑，原来都是做无用功！蔡小青暴跳如雷，与其这样，不如回去买个花盆种芹菜吃！

"本姑娘不奉陪了！"

蔡小青奋力一扭，留下了个潇洒的背影。

叶秦西紧张地站起身，生怕自己被遗弃："你要去哪儿？"

蔡小青拱拱鼻子，单手叉腰，大手一摆："爷——"

刚想酣畅淋漓地发挥女汉子本色，蔡小青就看到不远处魏明对着自己微笑。

黑褐色的头发在阳光下熠熠生辉，嘴角的弧度好似夜晚最明亮的月牙儿，纤细干净的长相加上温润如水的笑意，简直就是少女杀手中的战斗机。

蔡小青立刻笑颜如花，双手交叠贴在身前，娇羞成了S状。

叶秦西往前一挡，关切地问道："你是不是发烧了？"

视线被挡住，蔡小青急忙甩手一拨，叶秦西就飞了出去……

"啊——"路过的身量纤纤的杜若禁不住叶秦西的重力，歪歪扭扭地向后倒去，幸好叶秦西眼疾手快，转身扶住了杜若。

惊魂未定的杜若拍了拍自己的胸口，抬眼望向叶秦西："谢谢。"

完美的身材姣好的容貌，浑身的女神气质，让人忍不住想去保护。

原来芹菜精，也是和男人一样的嘛。见到叶秦西看杜若的眼神，蔡小青眼睛眯成一条线。

"这位是？"魏明淡淡地笑着，眼神定格在叶秦西身上。

蔡小青生怕魏明误会，一个大跳伸手勾住了叶秦西的脖子："这是我大表哥！"

叶秦西被蔡小青拉得身子微微倾斜，思绪却停留在自己的世界里。

"姜离。"

"快杀了他！"

满眼的尸体、暴力和杀戮，满耳的呻吟哀号。

叶秦西紧锁眉毛，双手握紧，青筋凸起。

送走了魏明，蔡小青龇牙咧嘴地回过头来，却看到表情异样的叶秦西，她轻轻地戳了戳他的胳膊："你没事吧？"

叶秦西猛然抬头，记忆戛然而止。这种短暂的复苏现象，叶秦西明白，他感应到内丹了。

"那个女生……"

/ 三 / 你听说了吗？最近有个芹菜精

学校食堂，魏明和蔡小青正吃着午饭，魏明把自己碟子里的芹菜炒肉夹给她，蔡小青连忙摆手拒绝。

"不是最喜欢吃芹菜了吗？"

"你怎么知道？"蔡小青嘴角沾着米粒好奇地问道。

"你之前提过一次。"

魏明说得云淡风轻，好像一切理所当然，却更加撩拨了蔡小青的心弦。

"现在也喜欢，只是不吃了。"蔡小青眼光躲闪。自从身边有个芹菜精之后，她还怎么好意思对他同类下嘴。

"难道你也听说了？"魏明一改往日的温柔似水，忧心忡忡。

蔡小青停下撕扯鸡腿的动作，看着魏明。

"我认识一个捉妖的师父，说从妖界逃出来一个芹菜精，为了提升修为，到处杀人，要从漂亮女孩那儿得到元气。"

话刚落音，蔡小青停在齿缝间的鸡肉不自觉地掉到了桌子上。

"你也别怕,毕竟这世界上有没有妖还未可知呢。"魏明又轻笑着安慰蔡小青。

呵呵,有没有妖,我已经知道了……蔡小青倒吸了一口凉气。

蔡小青大包小包拎着食材,一边埋怨双双出去旅游的父母,一边回忆魏明的话。

恍惚间,蔡小青似乎听到了熟悉的声音。

蔡小青确认是叶秦西之后,瞬间扎进了路边的小树林里。

自从听了魏明的话,蔡小青就对叶秦西心怀芥蒂。

她悄悄从行道树后面露出两只铜铃般的眼睛,注视着慢慢走过来的叶秦西和杜若。

叶秦西趁杜若不注意稍稍放慢了脚步,跟在了杜若后面,然后抬起了他的罪恶之手……蔡小青甚至看到了叶秦西眼睛里面渴望的光芒。

蔡小青转身捂住嘴巴,不敢再看下去。

怎么办?有妖怪杀人了!我要报警!

蔡小青手抖着掏出手机,迟疑着要不要按下去。

该怎么跟警察说,说妖怪杀人了?会不会被当成恶作剧,或者把她当成神经病?!不管了,救人要紧。110,110,该死,110电话几号来着?!

"小青?"

千钧一发之际,蔡小青突然听到叶秦西的声音,手里的东西"哐当"掉在地上。

完蛋了,我要死了,我还这么年轻就要死了,我还没有吃够烧饼,我还没有交到男朋友……

叶秦西走过来,弯下身子把地上的东西捡起来。

"你没事吧?"

看蔡小青止不住地发抖,叶秦西伸手想摸摸她的脑袋,却被蔡小青直着身子躲了过去。

/四/ 被妖怪缠身，有法可解吗？

蔡小青喘着粗气，噙着泪水找到了魏明。看到魏明脸的那一刻，她才觉得自己真的还活着。

再次回到家时，手里紧紧攥着一瓶药，那瓶子颇具古风，总让蔡小青想到电视剧里放鹤顶红的药瓶。

魏明说，这是他向捉妖师父求的，可立刻削弱妖怪的法力，使其痛苦万分。

蔡小青不知道为什么叶秦西没有对自己动手，反而像什么事都没发生一样。

深吸一口气，蔡小青故作镇定地打开门。

"去哪里了，怎么才回来。"叶秦西系着维尼熊的围裙拿着锅铲走出厨房迎接她，"饿了没？饭快要做好喽。"

"骗他喝下这瓶药，然后把他带到公园，我带捉妖的师父过去收服他，有我在，别怕。"

蔡小青想着魏明的话，丝毫没有注意到叶秦西又像以前一样粗心地把醋当成了酱油、糖当成了盐巴倒进了锅里。

"我去给你买了这个。"蔡小青把药倒进杯子里，倒是无色无味，不会被察觉，"这是我们人类经常喝的补药，美白祛痘又瘦身。"

看着蔡小青格外殷勤的笑容，叶秦西挠了挠头。虽然不知道她在说什么，但他还是接过杯子。

所有的一切都像被施了魔法，在慢动作放映。

杯子一点点接近叶秦西的嘴巴，蔡小青焦灼万分。就在他快要喝进去时，蔡小青抓住了叶秦西的衣服。

"你……你都不问这是什么吗？"

叶秦西笑笑："你不是告诉我了吗？"

"你，不怕我害你吗？"

叶秦西眨了下眼睛，疑惑道："你为什么要害我，我们不是朋友吗？"

蔡小青咽着唾沫还想再解释些什么，叶秦西就已经一饮而尽。

去公园的路上，叶秦西环顾四周，心无旁骛地欣赏着眼前的风景。蔡小青则一路紧紧握着拳头，直挺挺如僵尸一般。

她的脑海里都是叶秦西对她微笑，帮她做饭洗衣服、收拾房间，虽然会傻傻分不清调料包，乱倒洗衣粉，把东西放错位。他还会在下雨天撑着大黑伞在学校门口接她，让她被无数人艳羡。过去的片段在脑海中回放，点点滴滴，都是叶秦西对自己的好。

他，真的会是在背地里杀人的恶妖吗？

"小青，你电话响了。"听到短信铃声，叶秦西对行尸走肉般的蔡小青提醒道。

"哦。"蔡小青拿出手机，只是在打开信息的那一刻，彻底呆住了。

"我到家了，麻烦你告诉你表哥一声，我没有他的联系方式，谢谢。——杜若。"

蔡小青瞪着眼睛惊恐地转过头，颤颤巍巍地对身后的叶秦西说道："杜杜……杜若没死？"

叶秦西眨了两下眼睛，一脸茫然："她为什么会死？"

在蔡小青的追问下，叶秦西解释道："那天我感应到了内丹，以为在她的身上，后来就约她出来试了试，好像又不在，当然我没敢告诉她实话。"

"那你为什么不告诉我！"蔡小青又气又恼又担心地嗔怪。

"因为我还不敢确定，怕让你空欢喜一场，想事成之后再告诉你啊。"

蔡小青一下子身子瘫软下来。原来一切都是自己误会了，怎么办，那东西已经被叶秦西喝了！

"你没事吧……"

见蔡小青重心不稳，叶秦西连忙去扶，但一句话没说完，他就浑身像被电击了一般，止不住地抽搐。

叶秦西俊美的五官都拧到了一起，蔡小青心里一惊，想必是药效发作了，愧疚兼担心，反扶住叶秦西的胳膊。

"姜离，你以为你赢得过我吗？"

"我姑且留你一命，以后万不可再作恶。"

"你杀我族人，屠戮无辜，我誓死也要与你一战！"

原本风景秀美的山林顷刻间土崩瓦解，尸横遍野，哀号一片，古藤树修炼成怪，站在满目疮痍之上耀武扬威。

姜离与古藤怪大战，电光石火之间，地动山摇。

叶秦西双手捂着欲裂的头猛然蹲下。

"你哪里不舒服啊？对不起对不起，我们去医院吧……"蔡小青也连忙蹲下身子，惊慌失措。

叶秦西倏地睁开眼睛，大口大口地喘着粗气，看向由于自责和忧心而双眼噙泪的蔡小青。

"原来……我的内丹在你这儿。"竟然忽略了身边这个天生神力的女孩儿。

"啊？"蔡小青一时没反应过来。

"魏明是妖，你不要跟他纠缠在一起！"

叶秦西突兀地说了一句。

"妖又如何，你不也是妖，还不是纠缠着她？"说话之间，魏明已经站在了二人对面，微微扬起嘴角，只不过这次眼里的不是阳光，而是狡黠。

叶秦西站起身，把蔡小青护在身后："当日我心慈手软放你一马，却不想酿成今日之祸。"

"哦？看来你想起来了。"魏明眉毛轻挑，"那又如何，你没有内丹，凭你那点仅有的修为，以为能撑多久。"

不错，他想起来了。

不久前妖界大乱，古藤怪偶然获得仙界掉落的丹药，灵力大增，带领一众妖在天界大肆屠杀，并撕开了妖界和人间的结界。

姜离生长在灵气汇聚之地，秉性淳厚，造化匪浅，被寄予厚望。但在与古藤怪交手之际动了妇人之仁，内丹被打出，他也随之落败坠入人间。只是没想到的是，古藤怪会追他至此，还牵连到了人类。

/五/ 殊死一战

"小青，快跑！"姜离挡在蔡小青身前，准备与古藤怪殊死一战。

"跑？恐怕来不及了。"魏明大喝一声，撕开了披在身上的伪装，露出了黑褐色的树干真身，无数树枝爪牙般地伸展开来，冲向姜离和蔡小青。

姜离运功屏气，双手合十，再打开，形成巨大的泛着绿色光芒的光膜，把古藤怪的触手挡在了膜外。

突然，姜离一口鲜血喷出，捂住胸口弓下了身子。

"秦西。"蔡小青慌忙上前扶住。

"那杯水？"姜离明白了什么，带着一丝惊讶和失望地看着蔡小青。

"对不起……"蔡小青带着哭腔。

古藤怪不断地攻击，光膜受到了巨大震荡，摇摇欲碎。姜离捂着胸口命令道："快走。"

姜离直起身来想要稳固光膜,却因为胸口撕裂般的疼痛连腰都直不起来。

千钧一发之际,蔡小青挡在了姜离的身前,对姜离说道:"教我!你的内丹,你教我怎么用!不然我们都得死,快啊!"

姜离咬着牙犹豫了下,决定听从蔡小青的意见,教她用起了心法。

蔡小青摒弃杂念,双臂打开围转一周,按照姜离的指点调理气息,伸直双臂,竟有万丈绿光从掌间发出。

光芒与之前的光膜汇聚一体,坚不可摧地承受着古藤怪的攻击。

古藤怪眼看着动不得姜离和蔡小青分毫,却丝毫不慌张,因为他知道,凡人的身体强行催动妖的内丹,势必会对内伤己,对外的能量越大,对自己的回击越大。

果不其然,不消一刻,蔡小青的冷汗就开始不断落下,嘴角渐渐渗出鲜血,却依旧强忍着肝肠寸断的痛苦,催动着内丹。

"小青,快停手,不然你会被内丹反噬,形神俱毁的!"姜离强撑着站起来,准备打断蔡小青。

蔡小青却不顾姜离的劝阻,只是身体上的疼痛越演越烈,终于支撑不住。

光膜破裂,古藤怪的树枝狠狠地抽打了进来,把蔡小青挑到空中,又用另一根树枝重重地打在了她的背上。

蔡小青承受不了重击,忽然觉得有什么东西从五脏六腑里被逼了出来,张口吐出,竟见到了一个绿色圆形的发光团。

内丹?!三人同时反应过来。正欲抢夺之际,内丹却呈抛物线落在了别处。

"姜离快去拿内丹!"蔡小青抱着古藤怪最为粗壮的一根树枝,死死地拖住了古藤怪。

眼见着姜离消失在视线里,古藤怪把怒火统统发泄在了用生命拖住

—135—

他的蔡小青身上。

蔡小青被树枝缠起，之后被用力砸在了砖墙之上。

古藤怪收起自己的"爪牙"，一步步走向趴在地上的蔡小青："小青，你曾经那么喜欢我，我都不舍得杀你，可是你非要帮姜离……你们人类怎么说的来着？哦，对了，不作，就不会死。"

"哼。"蔡小青慢慢从地上爬起来，擦了擦嘴角的鲜血，目光灼灼地盯着古藤怪，冷笑一声。

"你以为你赢得了我吗？"

古藤怪看到蔡小青坚定又自信的目光，停下了脚步。

蔡小青站起身来继续说道："姜离的内丹在我身体里这么长的时间，我当然会从中汲取能量，和它共同成长。"

这丫头所言闻所未闻，只是看她这般胸有成竹的样子，莫非真吸收了姜离的力量？

古藤怪思忖之际，蔡小青就已站起身来。

只见蔡小青不知道从哪里捡来了一块石头，紧紧握在手上，忽然反手拿到胸前，高声喊道："巴拉拉正能量，魔仙变！"

古藤怪全身警惕着蔡小青有什么出其不意的招式。蔡小青大喝一声就冲向古藤怪，狠狠地把石头砸向了对方。

细小的石头根本对古藤怪造不成任何损伤，也让古藤怪明白蔡小青只是在装神弄鬼，拖延时间。怒不可遏之下，他再次把蔡小青打飞。

正当他施法向蔡小青发出致命一击时，一道强烈的绿色光柱打断了他伸向蔡小青的树枝。绿光从天而降，随之而现的就是一身战袍、英姿飒爽的姜离。昔日枯黄的碎发已经变成了现在翠绿泛光的长发，在风中飞舞，几片铠甲与里面渐变色长衫交相辉映，刚毅十足。

"我都差点被打死了,你还有空去换衣服?"蔡小青喷出了一口老血。

姜离瞟了眼身后的蔡小青,食指和中指一挥,一道光环就包围了蔡小青,轻飘飘地把她带到了墙边。

蔡小青还想抱怨几句,却发现自己被姜离开了禁言!

这个没人性的烂菜竟然还嫌我话多……

新仇旧恨,决斗一触即发,电光石火之间生死一线。

一时间飞沙走石,气象变幻,风起云涌。

自知责任重大,又有上次的教训,姜离拼尽全力且小心谨慎,不给古藤怪任何可乘之机。

古藤怪招架不住连连后退,退无可退之处,姜离双手合十,凝结全身灵力,化合成一道绿色光剑飞向古藤怪。

不等古藤怪反应,光剑就直直插入其胸口。古藤怪褐色的血液透过伤口慢慢往外渗,姜离拔出光剑,古藤怪哀号一声,不甘心地灰飞烟灭。

/六/ 来照张相吧!

"下次不可如此。"

姜离为蔡小青疗完伤,立在路边,直视着前方,眼神坚毅有力。

"要不是我你都死了,还在这儿跟我摆谱。"蔡小青见姜离古代大侠般深邃的样子,嫌弃地努了努嘴。

"跟穿越了似的,这么有纪念意义的时刻,咱们照张相吧?"

姜离剑眉微蹙,还未来得及说什么,就被一把揽过肩膀。

蔡小青拿起手机对着镜头,微笑着喊道:"一二三,秦西——"

一切都好似大梦一场，
唯独心中留出一片空白。

闻君要起飞，本鸡好心碎

文/一树元宝
图/Cain酱

/ 楔子 /

夜深人静，城市中的丘陵也在静静沉睡。

不过并不是所有的生物都在睡觉，偶尔有那么一两个满怀诗意坐在山头看星星的。

"仙君，为什么约我出来赏月，今天明明没有月亮，是不是又失眠了？"

"甜菜，本仙就不能找你说说正经事吗？你跟着本仙多久了，可有仙格？"

仙君长长的发带随风舞动，身旁坐着个土里土气的小丫头。小丫头掰着手指头苦算，说："五十年了仙君，也该给我仙格了吧。"仙格就像人间的身份证一样，没有就不算是仙，享受不了仙的待遇，说白了"铁饭碗"还没拿到。

仙君摇头晃脑道："为仙者，以仁为善，乐善好施，说到就要做到。"

甜菜也摇头晃脑："仙君又在哪里吹破了牛皮，找甜菜填补？"

仙君清清嗓子："……前几天和地府的老大下棋输了，被拜托一件事情。"

甜菜警觉道："何事？"感觉不大好呀。

"现代社会压力太大，人间轻生之事频发，底下快要装不下了，本仙命你去轻生之念最强的人那里，不准他就此'去'了！"

人家"去"不"去"关她甜菜的仙格什么事？

"事成就算你的功绩，到时候本仙替你申请仙格，乃是百分百能申请得到的。"

甜菜眼睛一亮，仙君就等她这个态度，一把把她拎起来向人间飞去。

××省××市

窗外月朗星稀，房间内一股馊掉的泡面味，甜菜嫌弃地捂住鼻子。仙君左右看了看，突然蹲下将墙角里的编织篮上的布掀开，叹了一口气："可能要委屈你了。"

"什么？"

白光一闪，只是遮了下眼睛的时间，甜菜感觉自己的身体在消失，被强大的吸力吸走。仙君的声音在周身回响："轻生之念最强人路继，只要你帮他找回生欲，回来就入仙格！"

好事啊！他要轻生了就拉着他呗！甜菜忙不迭地点头。仙君走了，四周一片寂静。望着外面的月亮，大得像块玉米饼，甜菜想发出感叹：月亮可真圆啊……

"咕咕！"

什么声音？好像从她这里发出的？等下，为什么那张凳子看起来那么高，刚才明明才到她膝盖……

"咕——咕——咕——"仙君你快回来，我保证不啄死你！

仙君在回程的路上也很自责，水嫩嫩的小姑娘，为了完成任务必须要附在活体身上，现在城市里人家都养小猫小狗小鸟什么的，他也没想到还有人养母鸡！

对不起啦甜菜……

/ 一 / 让我们善待动物，没有公母歧视好吗少年！

又是一天的到来，路继睁开了失望的眼睛，伸了个懒腰，房间的味道难闻，他不禁打了个喷嚏。忽然，他对上了床边一双滴溜溜、黑亮亮的小眼睛——

"这是……"

高傲上翘的屁股覆满柔顺丰满的羽毛，瘦不见肉的小腿连接着细长脚趾在地板上跳出一支圆舞曲，轻快的步伐加上如长裙般伸展的双翼，红色的冠顶代表着高贵血统和极品涵养。叫人怎么看，怎么都想称赞一句：

"……疯了的母鸡？"

原本求天求地等他苏醒的甜菜，顿时像是被浇了一桶凉水，她收好翅膀，扭着鸡爪转身给他一个孤傲的大屁股。

"我想起来了，这是上周姑姥姥进城给我带的老母鸡。"

老，是女生的大忌。甜菜一个飞身扑到床上，步步紧逼——你看看！你再给我仔细看看，我有很老吗？你能看见我一条细纹吗？！她伸着光亮的短喙，让他看看这玩意有多尖锐，如果她愿意，她能戳进他眼睛里。

"咕咕咕！"

让我们善待动物，没有公母歧视好吗少年！

路继面对一只疯魔乱舞的母鸡，目光像死水一般平静，他咧嘴一笑，竟然笑得十分诡异。甜菜背上的毛都竖了起来，听见他淡然地说："三天没喂你一定很饿吧，你不要急，等我死后，你可以啄我身上的肉吃……"

甜菜被惊到了，直挺挺地倒在了床上，真不愧是轻生之念最强的人，时刻都想着轻生!

"哈哈哈……"路继大笑起来,指着床上那只浑身僵硬的母鸡。说也奇怪,这母鸡好像能听懂他的话似的,笑得他颓废的情绪一扫而光,下床来到厨房,想给这个可爱的小伙伴切点菜叶吃。

厨房一直没有收拾,一地狼藉,让路继的情绪一下子又落回谷底。甜菜走到他脚边发出咕咕声,他才有所反应,径直走到案板前,拿出冰箱里的白菜,一道寒光下去白菜变成两半,他竖起菜刀,刀面上映出他的脸,憔悴、苍白、生无可恋。他下意识地翻过左手手腕,当刀锋快要触到手腕时,一只母鸡的脖子伸了进来——他不得不停下,将母鸡从案板上揪下去。

被打断思路的路继继续切菜,地上的甜菜背对他大口喘气,好险!差一点儿他就要割腕了,看来自己随时都不能大意!

甜菜暗暗下决心,他走到哪儿她就要跟到哪儿。他去卫生间她都要把耳朵贴在门上听动静,为了仙格,不管怎样,她拼了!

/二/ 后来,每一个经过路继门口的邻居,都要受到一只母鸡的瞪视。

路继喝水,甜菜先扑上去喝一口。

路继吃面,甜菜也要过去尝一尝。

路继放水泡澡,甜菜站在浴缸边上不时翅膀滑过水面试试水温……

路继想,可能这只母鸡脑子有点儿问题,吃了反而会让人不正常,那就先留着当宠物养,给它洗澡买鸡饲料,平时还能说说话。

当一天结束,路继睡着之后,甜菜疲惫地用一支红色记号笔在日历上画出一个圆满的圈,表示这一天又安然无恙地过去了。

阴天,每当这种烦闷的天气,人的心情总是不好。

甜菜一早就很紧张,从路继睁开眼便寸步不离,一旦发现他流露出一丁点儿丧气的情绪，她立马咕咕乱叫，在地上打滚，逗他开心。

时针一分一秒过去，天暗得异常。

甜菜累得在沙发上休息，路继去把窗户关好，风夹着沙石吹进了他的眼里，还引出了他的鼻涕。他轻轻吸了两下，脚边猛地窜来一团暖烘烘的东西，扒着他白嫩的小腿，很是迫切地抻长脖子看着他。

甜菜舒了口气，她还当他情绪来了要哭了，吓得她从沙发上连滚带爬奔了过来，好在他只是吹了下冷风受凉了，不过眼圈红红看起来也很不妙。甜菜倒退两步，腿一伸，翅膀往天上一指，踩着天边的雷电音，扭动着丰腴的身躯，跳起了舞。

这下，路继笑得连眼泪都挤出来了。

"叮咚！"

有人在外面按门铃，路继边笑边去开门。

门外没有人，路继环顾四周，还转头对甜菜说："好奇怪，大概是哪家的小调皮按的吧。"

天边一道闪电一阵惊雷，待看清路继脚下那瓶小小的罐子后，甜菜张大了嘴巴，像一颗发射出的炮弹般往门口冲来。

但她错估了自己的实力，脚指头往罐子上一踢，罐子只是在原地晃了几下，而她的痛从脚间直上到冠顶。

路继疑惑地将罐子捡起来，太小了刚才他都没能注意，他喃喃念出罐子上贴的标签："除草剂。"

"咕咕咕咕咕咕！"甜菜跳着想把除草剂夺下。路继一动不动，他盯着看了好长时间，甜菜似乎都能感受到他内心的挣扎。

不要喝呀！

作为一只鸡，甜菜流泪了，她绝望地把翅膀放下，快要对人间失去信心，没想到路继他除了自身想轻生外，还有外人也不想让他活下去……

"你哭了？"

神奇的景象显然比除草剂更能吸引路继，他放下罐子，把甜菜轻抱在怀中，像是哄婴孩似的哄着她。她身上一点儿腥味都没有，全是沐浴露的气味。

"你不喜欢这个是吗？"

他像是征求她意见，却又自问自答："那不是好东西，确实。"他顺着甜菜的羽毛，掌心满是冷汗，心事重重。

最终，除草剂被丢进垃圾桶，而那个满怀恶意把除草剂放门口的坏人，路继并没有继续追究。

后来，每一个经过路继门口的邻居，都要受到一只母鸡的瞪视。

/ 三 / 你让讨厌的人过来，我要替你啄死他们。

看着路继在拌鸡饲料，甜菜很想问问他：为什么对生活那么绝望？

阳光不灿烂吗，生活不美丽吗，如果有问题，原地踏步是永远不能解决问题的。作为人类，进化的顶峰，食物链的顶层，是最有资格活在世上的物种，不要被人生中细小的差错绊住脚步，就算跌倒也可以滚下去。

你看，我身为一只母鸡，还能积极向上地活着，我不会说话不能表达，没有手，没有腰，好吃的不能吃，只能吃难吃的饲料，还有随时被人抓走炖汤的危机，可是我依然想坚强地活下去，身为一只鸡……

身为……

呃……

……

不对！我叫甜菜！我是仙君身旁修行的小仙！只要这个人不想死，我就可以回去得仙格了！

谁敢叫声我的名字，我一定敢答应！

我不是一只鸡……

"饲料好了。"

甜菜没什么胃口，有一口没一口地吃着。路继有些担心，指尖在甜菜的冠顶上摩挲，轻声说："我没有家人，你就像我的家人，你要好好的，多吃点儿。"

他怎么会没有家人呢，甜菜眨了眨眼睛，没想到自己会对他产生这么大的影响。他把她当家人，至少在这世界还有个念想。

他不能死，他得每天早上起床给她拌鸡饲料，给她刷简易厕所，要盯着她不要随意大小便，还要注意她不要伤了邻居，看电视帮她调到喜欢的节目，洗澡的刷子要用鬃毛，偶尔给她做点儿可口易消化的饭菜，晚上睡觉前都要看她一眼才安心……

霎时，甜菜感动到无以复加，第一次有了做鸡挺好的念头，她不是在完成一项任务，而是在拯救一个人，啊，高尚且伟大！

路继接了个电话："喂，爸。"表情严峻。

甜菜干脆不吃了，竖着耳朵听他说话。

"嗯，钱收到了……我知道你忙……阿姨没有联系过……"

电话里的人厉声责备了两句，路继变得很激动，手攥成个拳头，关节发白，几乎是大吼道："自从妈去世，自从你让阿姨进门，让我那个同父异母的姐姐住进来，我就没你这个爸爸了，不要和我拿家人说事！"

"路继！你……"电话里传来怒意，连甜菜都能清晰感受到。

"您还在工作中，要不您先忙吧。"

电话在地上摔成碎片，路继腿一软，双膝跪地捂住了脸，水汽在空气中弥漫开，喉咙中的哽咽是一个少年无法展露的伤痛。

甜菜不明白为何自己的心也是痛的，她跳到路继的腿上，把他漫出的泪水浸在自己的羽毛里。

不要哭，不要哭，你还有我。

"我想死。"

甜菜倒吸一口凉气，一对翅膀像两个拳头扑腾在路继身上。路继只好把她抱紧，边哭边笑："我死了你明天吃什么啊……"

他如此痛彻心扉，甜菜反倒冷静了下来。

"咕咕咕！"

路继听不懂她的话，其实这句话翻译过来就是：

你让讨厌的人过来，我要替你啄死他们。

为了他，做一只战斗力超常的鸡又何妨。

/ 四 / 甜菜想他如果能早点儿离开，她还能早些回去升仙格。

静谧的下半夜，甜菜在路继的枕边好眠。路继现在离不开她，时常把她抓过来在她羽毛上抚来抚去，似乎这样才能平复他的焦虑。

客厅的座机电话毫无预兆地响起，路继睡得正熟，甜菜却惊醒了，迅速跑去座机旁，把听筒一脚踢开。

"不好意思，请问是路府吗？我想找一下甜菜。"

"咕咕！"我就是。

"哦哦，甜菜酱，还好吗？"

"咕咕！"还成。

"长话短说，底下有空了，等路继轻生完了任务就算成功，你受苦了，回来本仙还会给你升仙格的。"

"……"

好歹是一条生命，死哪有那么容易……可甜菜还来不及说，仙君就挂断了电话。

她呆呆地坐在座机旁，月亮是弯弯的，像路继笑起来的眼，她刚来的那天晚上，天上还是一轮满月，果真是人有悲欢离合，月有阴晴圆缺。归根究底，她不想他去轻生。

甜菜猛然回身，只见路继穿着睡衣，在屋子里漫无目的地走来走去，他的眼里没有东西，手握在门把上，轻松把门打开，登上了前往天台的楼梯。

梦游？！

甜菜还不知路继有梦游的习惯，至少在她来的这段时间没有发生过，不过路继的情绪确实很不稳定，难说不是那瓶除草剂和他父亲的刺激。

天台的风很大，狂躁地刮着路继的衣角，他踏上天台的边缘，只需一步，他便可以和整个世界再也不见。

"咕咕……"路继。

甜菜还是忍不住，轻声唤他的名字。

路继充耳不闻，甜菜想或许他从来没把她放在眼里吧，他只是把她当成宠物，所有的喜爱和关怀全部都是来自主人的责任感。

甜菜想他如果能早点儿离开，她还能早些回去升仙格。

何乐而不为呢。

可是，她怎么乐不起来呢。

"姐，我来陪你……啊啊啊啊！"

路继一个后仰摔得不轻，脊椎骨贴着水泥板，冰冷干燥让他瞬间清醒。他抬起右脚，脚背上全是血点，甜菜就在旁边，喙上还沾着血。

/ 五 / 对不起，不是我。

夜晚趁着路继熟睡，甜菜拨通了电话，失眠的仙君给她说了一个故事。

路继的母亲在他十五岁那年去世了，原计划出国上高中的他，将申请书扣下，他自以为父亲需要他。

可是父亲却带回了阿姨，父亲的初恋，他口中唯一的爱，还有他们爱的结晶，只比路继大一岁的姐姐路诺。

吃饭的时候阿姨说，我会和阿继相处得很好。

父亲笑了，以为一个家又能完整，他不知道的是，后来阿姨去了路继的房间，告诉他不过是因为他的母亲能带给父亲荣誉，不然的话她早就是这座别墅的女主人，一个公司的老板娘，而她的女儿，也不会躲躲藏藏这么多年……

—147—

阿姨和路诺夺走了父亲所有的爱，他们三个其乐融融，路继有时候恍惚间，以为自己才是最多余的。

路诺死于冬天，大雪初融温度很低，父亲打来电话说有份文件忘记带了，家里谁方便帮忙送下。这么冷的天，阿姨自然懒得动，也不想让路诺去，被压迫的路继终于忍无可忍，和她们大吵一架后在房间里不出来。路诺主动说，那还是我去吧。

车祸发生在一瞬间，路诺没有过多痛苦，擦净血迹，就像睡着一般躺在洁白的病床上。

阿姨疯了，她认为这全是路继的错，她揪着路继的衣领朝他大吼大叫："你为什么叫路继，因为你要继承你爸爸的公司！公司的文件不该你送吗？死的为什么不是你？为什么不是你！"

对不起，不是我。

眼泪从眼角落下，宁静的夜晚，梦中哭泣的路继在床边乱摸一通，甜菜主动凑了上去，由他把自己搂进怀里，他的气息渐渐平稳，逐渐睡了过去。

这个心有创伤的少年，需要更多的抚慰。甜菜用喙帮路继掖了掖被角。

/六/ 别人都带女朋友来看比赛，就你，带着只母鸡？！

从天台下来后，路继意识到人要为自己而活，不能为别人活。

他约了几个朋友打篮球，朋友们都对他的邀约非常吃惊，路继一般不参加任何活动，还向学校提出休学，躲在这间小公寓里，以为能躲过外界的纷纷扰扰。

甜菜自动坐进路继的背包里，她已经习惯时刻注意他的动向，把她独自留在家里她才不要。

"我带着母鸡去打篮球？"路继失笑。

"咕！"有什么意见？甜菜撇着嘴，一点儿也没有要离开的意思。

"好吧,看在你救了我一命的份上。"

他不单把它看作宠物,更把它看作是不可思议的救命恩人。日子过得飞快,甜菜都有点儿不想回去了。

路继的朋友中有个大高个,足足比路继高了一个头,大高个带着一只哈士奇,听说哈士奇都是二货,这只反倒通人性又安静,乖乖坐在场外,和甜菜并排。

路继传球,走位,接球,过人,上篮,进球!动作一气呵成,甜菜开心得欢呼起来,咕咕咕不停。忽然,旁边的哈士奇发声了。

"汪汪!"你不是真鸡吧。

"咕咕……"大哥你这话说得,我不太懂呢……

"汪!"你不是这只鸡的原灵魂。

"咕……"那你是……

"汪汪!"俺是真狗来着。

"咕咕咕咕!"大哥,我的意思是,你怎么懂那么多。

哈士奇没再说话,盯着场上的主人,甜菜随着它的视线看过去,正在运球的大高个看向这边一眼,那一眼,十足的邪气!

"咕咕!"他是什么人?

"汪!"你猜。

哈士奇的眼里冒起了小桃心,大高个进了球,它撒欢向场上跑去。大高个揉了揉哈士奇的头顶,又向场外的甜菜递来一眼,甜菜学乖了,像只普通的母鸡抖了抖冠顶,头转进翅膀里整理羽毛。

一场比赛打得酣畅淋漓,路继仰头便灌下了半瓶矿泉水,甜菜看得也咽了咽口水。

"别人都带女朋友来看比赛,就你,带着只母鸡?!"他的朋友真讨厌,甜菜一记凌厉的眼刀飞了过去。

"它不是一只普通的鸡,我时常能感觉到它听得懂我在说什么。"

"不是普通的鸡?我来看看。"大高个发声,向路继讨要甜菜。

甜菜觉得他很危险，不让他碰自己，灵活的脖子左闪右闪。路继看不下去把甜菜抱起来："它不像狗是亲近人的个性，你别为难它了。"

"哦，是吗？"大高个这才收回手，就在他把手覆在膝上的一刻，甜菜看到他的掌纹有紫光流过。

民间的高人，阴阳相通，大有人在，不知这位是不是其中之一。

大家约好下次聚会的时间，哈士奇也来和甜菜告别。

"汪汪，汪汪！"我的主人说，中邪时，要使劲儿打。

什么？甜菜不解，可哈士奇不多说，屁颠屁颠去蹭大高个的腿。大高个在和路继说话，末了，一只手拍在路继的肩膀上。

甜菜心中一凛。

/ 七 / 妖精，不许动我的鸡！

这一夜路继睡得很不安稳，甜菜也因哈士奇的话睡不着。天蒙蒙亮时，路继发起了低烧。

身体虚弱，天将明未明，这时候最容易招惹放肆的东西。

甜菜抖了抖毛。"咕咕咕！"甜菜在此，谁敢造次！

甜菜一遍又一遍，像个喇叭似的宣告主权，随时注意各种动静。玻璃窗发出细碎的响声，甜菜一时转过头去看，却不想被人从后握住了脖子。

"咕！"路继！

"我是路诺。"

那人平静地说，可是甜菜脖子上的，分明是路继的手，那只手给她洗过近一个月的澡，她绝不会认错。

路诺。

甜菜的脑海中，这个名字一闪而过，路继的姐姐？！怎么会在这时候出现？

"咕……咕……"你应该早就转世了才对……

路诺嘿嘿一笑，舔了舔嘴唇，深吸一口气："我闻到了仙气。"

甜菜浑身的毛倒竖，不是路继，也绝对不是路诺，而是闻到她身上仙气要来吸食的妖精！

妖精张开嘴巴，露出不属于人类的尖利獠牙。

甜菜怔住了，仙君把她的灵魂紧紧定在肉身上，她想出来发挥自己从仙君那里的所学都不行！

眼看甜菜半个头被盖在了阴影里，路继的身体里忽然发出一声呐喊："不许动我的鸡！妖精，不许动我的鸡！"

妖精发出一声怪叫，双瞳赤红，两手如利爪挠在心脏的位置，誓要将身体里与它作对的人掏出来。

甜菜怎么能容忍它破坏路继的身体，她忽然想起那只哈士奇的话：中邪时，要使劲打！

她扑过去将两只脚爪扣在路继的手上，只是还未碰到，就被妖精布下的结界弹了回来，那结界还有腐蚀的效果，甜菜的脚趾甲都烧没了。

不管了！

甜菜直接用整个身躯撞过去，羽毛飞溅，翅膀尖烧到发黑，但只要她还能抵抗一时，她就要扰乱妖精的发狂。

妖精被甜菜打乱，抓住甜菜就要掐死她，背上突然出现一只半透明的手，一道声音还在呼喊着："我说了，不许，动我的鸡！"

受到这副躯体原有灵魂的指示，狂妄的妖精不禁向后仰去。甜菜趁这个机会，尖尖的喙朝妖精的眼睛扎去，巨大的紫光结界从眼眶中冲出，甜菜肥硕的身体慢慢消失不见……

外面传来麻雀的叫早，真正的路继回来了，他愣愣地看着双手，他明明看到这么大一只鸡向他的眼睛刺来，可是鸡不见了，他的眼睛还好好的。

什么妖精，什么路诺，什么母鸡，都好似大梦一场。

可又像失去了什么，心中留出一片空白。

丘陵之上。

"甜菜，你可算回来了……"仙君擦了擦根本没有泪的眼睛。甜菜狠狠白了他一眼，如果她还有喙，她一定啄死他，啄死他，啄死他！

仙君又道："不是让你等他轻生后再回来吗？"怎么和个蟑螂精打了一架就撂挑子不干了呢？

甜菜陷入沉思，和蟑螂精一战，她的鸡体也受到损害保不住了，只能离开路继身边，可本以为走就走了，却对路继有点儿思念，毕竟一起住了那么长时间……

她想，保不准路继哪天又想不开了，仙君的嘱咐只是等到路继死后再回来，不如等他老死……

"那小子找他爸要鸡，把他爸吓得够呛，差点儿和他发疯的阿姨一起送去精神病医院，你就好人做到底，再下去当一次鸡吧！"

又是一道熟悉的白光，甜菜的声音久久回响："还让我当鸡？我不想当鸡！仙君我啄死你！"

仙君听到轻哼一声：敢啄死我，那我就不告诉你，这次月亮升起时你就可以现真身了，到时候你以真身出现在路继的枕边，本仙倒要看看你们谁吓死谁！

××省××市××大学毕业典礼，一位同学以和自家母鸡的合影结束了学业生涯，据传闻，他带着这只母鸡隐居山林，江湖上再也没有他和他的鸡的传说。

只要你不哭,
我什么都能做到。

我家翡翠变成小人了

文/K君

图/风骚华探长

/ 一 / 藏在翡翠中的秘密

柜台上有个绿莹莹的翡翠镯子，绿得像初夏梢头嫩叶，润得像暮秋一汪湖水。

"怎么卖？"夏堇璃问老板。

"两千。"

"两百。"

"开玩笑！这可是玻璃种、飘花绿、起荧起胶、高光 A 货的上等翡翠！"老板口沫横飞地为镯子辩解，"再加点儿。"

"两百。"夏堇璃一副面瘫脸。

"多少加点儿。"

"两百零一毛。"

老板无语地看着夏堇璃，良久肉痛地把镯子推过去："成交。"

夏堇璃高兴坏了。

老板也高兴坏了——谁沾谁倒霉的邪翡翠，终于转手了！

晚上夏堇璃睡得正熟，忽然听见有人说话。

"豆子，出来吧。"

夏堇璃一激灵醒透了，竖起耳朵听。

抽屉被拉开，塑料包装纸梭梭响，另一个声音说："巧克力，我最爱的巧克力！"

偷巧克力的小贼！夏堇璃一把抄起床头柜上的暖水壶，一手按亮电灯："谁？"

卧室空空荡荡，只有书桌抽屉被拉开一条缝。

夏堇璃过去察看巧克力，却见满抽屉灵石和书本间，坐着两个小人。小人钢笔那么高，脑袋才一元硬币大。左边小人一身古装，斜靠着新华字典。右边的小人穿着红蓝白的肥大衣裤，腰上系一根鞋带当皮带。那衣料……很像夏堇璃丢失的玩偶校服。

校服小人抱着一大块巧克力，漆黑眼睛看向夏堇璃，白净小脸沾满巧克力，像是吓呆了的样子。

古装小人拱手一礼，自我介绍："在下沈琅，是姑娘新买的翡翠镯子。在下原本在香港参加佳士得拍卖会，谁知一个妖妇把我偷出来准备炼丹。我拼死逃出，身受重伤，有缘被姑娘买下。"

校服小人放下巧克力，用袖口擦净脸，表情严肃："我叫豆子，是你戴了十年的水滴挂坠。"

夏堇璃头晕目眩，怀疑自己没睡醒。但两个小人活活泼泼、叽叽喳喳地在抽屉里说话，容不得她不信。沈琅叹口气："我受伤后变成次品，辜负姑娘爱玉之心了。"

"对哦，你以前在拍卖会，现在我只花两百零一毛……"夏堇璃不好意思，似乎占了沈琅大便宜。

"姑娘若肯买些玉助我疗伤,我能复原。"

夏堇璃眼睛一亮,随即黯淡,两个食指在胸前对戳着:"好玉很贵,我没什么钱……"

"钱的事,沈某来解决。"

周末,夏堇璃来到玉石商场的赌石拍卖厅。她戴着宽宽的蓝色针织帽,豆子和沈琅一左一右藏在帽下。

赌石,就是买下未切割的翡翠毛料,赌里面有没有玉。

此时在竞拍一枚拳头大的小石头。

沈琅说:"拍下来。"

夏堇璃立刻喊价,周围人看她是学生,都哄笑。夏堇璃硬着头皮买下石头,拿到一旁切割。

灰秃秃的表皮切开,下面一抹水灵剔透的绿,有玉!商场经理当场出一万元买下这块料。

赌石客们兴奋了,之后竞拍出价更踊跃。夏堇璃又拍下几个小石头,次次赚翻,令周围人眼红不已。

夏堇璃满载而归。卧室书桌上堆满水灵灵、绿汪汪的翡翠,像一座小型的宝石山。夏堇璃充满成就感。

沈琅抱着一块翡翠盘腿坐下。片刻,翡翠冒起一股绿烟,绿烟流进沈琅嘴里。翡翠的绿色越来越淡,最后变成丑陋的灰白色。

豆子坐在一边,怀抱一颗胖滚滚的巧克力豆啃,小声说:"好可怜。"

"嗯?"夏堇璃疑惑。

"被吸食的玉真可怜。"豆子小眉毛皱着,嘴唇紧抿,仿佛替沈琅怀里的翡翠心疼。

沈琅结束打坐,踢开灰白石头:"廉价货,吸就吸了,有什么可怜?"

/ 二 / 只要你不哭，我什么都能做到。

玉料用完后，沈琅的本体镯子变得绿意盎然。夏堇璃高兴坏了，又去赌石。

她身边站着一个秃顶大叔，胡子拉碴一脸倒霉相。

夏堇璃拍完几个小石头，商场又抱出一个十斤的毛料。

沈琅说："拍这个。"

"钱不够。"

"别管够不够，拍就是了。"

夏堇璃喊价。谁知她一喊，周围人疯了一般抬价，几分钟就飙升至四十万。秃顶大叔两眼通红："四十五万，我出四十五万！"

夏堇璃吓坏了，不敢再掺和，赶紧溜走。

路上，夏堇璃说："我不想赌了，吓人。"

"不赌怎么买玉？"

"我有压岁钱，正正经经给你买。"

"压岁钱……"沈琅语气不屑，似乎嫌少。

夏堇璃还要说话，忽然耳垂被沈琅用力一拽。

"快跑，我看见妖妇了！"

夏堇璃一愣，拔腿就跑。

身后有个麻杆身材的瘦女人追她，边追边喊："小姑娘，别跑！"

夏堇璃跳上一辆出租车，透过后车窗看。那瘦女人跑不动了，两手扶着膝盖坐在路边，两眼还盯着出租车。

"她叫华莹，在拍卖场抓走我，用炼丹炉烧我的妖妇就是她！"沈琅说。

"那怎么办？"

"要是有千年美玉给我进补……哼，华莹算什么？"

千年美玉可遇不可求，遇到也买不到。夏堇璃垂头丧气。

此后几天平平安安，翡翠镯子越发绿得可爱。夏堇璃偷偷把镯子戴去学校。

这天夏堇璃值日，打扫完教室天都黑了，她赶到公交站，错过末班车，只有靠脚走路回家。

走过一条漆黑小巷，夏堇璃加快脚步。

帆布鞋摩擦柏油路的声音格外清晰，听的人心里发毛。

忽然前面闪出一个人影："骗子！"

人影扑向夏堇璃，是赌石场的秃顶大叔。

他高举菜刀，满脸疯狂之色："你买的都有玉，我买的都没玉，你是不是商场的托？我破产了，玲玲跟我离婚，我要杀了你！"

夏堇璃扭头就跑，却被路面坑洼绊倒，书包掉在地上。豆子从书包里钻出来，扛着夏堇璃的金属圆规，跳到大叔脚上用圆规刺扎他。

"什么东西！"大叔一脚踢飞豆子。

"豆子！"夏堇璃叫。

这时，一道青烟从书包口盘旋而出，凝成一个长身玉立的贵公子。

是沈琅，沈琅变大了。

"夏姑娘，带豆子先走。"沈琅挡在大叔面前。

夏堇璃拾起豆子逃出小巷，惊魂未定地喘气。忽然她看见一个枯瘦的女人坐在马路牙子上，手捧几个包子在吃。

是华莹。

她怎么在这儿？难道秃顶大叔是她派来的？

夏堇璃不敢再想，躲进小巷背光处。

好一会儿，夏堇璃的校服裤子被拽了一下。小沈琅半身通红，拉着她的校服裤子，趴在她鞋上。

"我把他赶走了，"沈琅捂住红通通的胸口，"可我旧伤复发，恐怕活不成了。"

夏堇璃满脸泪水，捡起沈琅装进口袋，绕过华莹从另一条路回家。

回到家，她反锁卧室门，拿出棉签和碘酒准备给沈琅止血。

沈琅苦笑："不必了，玉精不是人，这些东西没用。"

"那我怎么办？"

"玉。"

"好，我这就去买玉！"夏堇璃翻出压岁钱准备出门。

"丫头，那些赌石客都恨你，你不能去玉石商场了。"一直沉默的豆子忽然说。

"可……沈琅要死了……"夏堇璃抱膝蹲下，眼泪簌簌地流。

"笨丫头，我就是千年美玉啊。我能给沈琅疗伤。"

夏堇璃一呆，抬起泪眼看着小豆子。

小豆子面孔精致，笑眼弯弯，一蹦一跳走到夏堇璃脚边，像长辈一样拍拍夏堇璃的帆布鞋面："只要你不哭，我什么都能做到。"

夏堇璃眼眶发热，泪水流得更凶。

豆子走到沈琅身边，拍拍他的肩膀："来，我给你疗伤！"

沈琅表情扭曲，似疼痛又似得意："那我不客气了。"抱住豆子盘腿做好。一股绿烟从豆子头顶冒出，钻进沈琅嘴里。

疗伤结束，豆子脸色苍白，虚弱得站也站不稳。

/ 三 / 那时她六岁。庙会地摊上摆着一排玉件，只有豆子最漂亮，宛若一滴剔透的水。

夜里，夏堇璃躺在床上，忽然想起和豆子的初见。

那时她六岁。庙会地摊上摆着一排玉件，只有豆子最漂亮，宛若一滴剔透的水，倒映秋日晴空。幼小的夏堇璃心想：这一定是天下最好的宝石。

她慢慢长大，不再爱廉价的地摊货，转而欣赏昂贵的翡翠、水晶……

但是童年的欢乐与陪伴，和金钱无关。

忽然，夏堇璃脖子一凉。豆子拽着她的头发沿着脖子爬上来。

夏堇璃笑起来："干什么？"

"说说话。我记得你七岁还尿床，八岁总跟同桌打架。"

夏堇璃脸一红："不许说这个。"

豆子微微一笑，躺在夏堇璃额头上："我出生在地下，四周没声音、没颜色、没生命。我浑浑噩噩，只会修炼，都不知道自己是活物。直到那天在庙会，你趴在摊上看我。你眼睛真漂亮，我一下子醒了，看见颜色听见声音，明白自己跟石头不一样。"

夏堇璃抿嘴一笑，心跟着柔软了。

"哪，丫头，继续用我给沈琅疗伤吧。"豆子用满不在乎的语气说，"等他伤好，我会变成石头。你找个有山有水的地方把我埋了，让我从头修炼。"

"不行！"

豆子声音低微，于黑夜中无限温柔："华莹在找你，赌石客也恨你。我不能保护你，让沈琅代我保护你吧。"

夏堇璃鼻子一酸，眼泪溢出眼眶："肯定有别的办法。"

"没办法的。"

豆子说完从夏堇璃的额头爬下去。

夏堇璃用被子蒙住自己，拼命运动大脑想办法。但正如豆子所说，没办法。

她一开始就不该赌石。

这天，夏堇璃在校门口碰见华莹。华莹更瘦了，两腮凹陷下去，像吃不饱饭一样。她攥着一沓传单向四周发放。夏堇璃庆幸没带沈琅和豆子，低头缩肩正要从华莹背后溜进校门。华莹三步并作两步抓住夏堇璃，把一张传单塞进夏堇璃校服口袋："小姑娘，你身缠妖气，最近是不是碰见什么怪事了？"

"没有！"夏堇璃推开华莹，跑进校门。

放学后，夏堇璃不敢单独回家，叫了几个女生同行。所幸一路没遇见华莹。

爸爸妈妈不在家，桌上留五十元钱让她自己订外卖。

夏堇璃推门走进卧室，沈琅还在"疗伤"，他怀里抱的已经不是活生生的豆子，而是一块冰冷的水滴挂坠。

夏堇璃心一紧，上前拿走吊坠："别吸了，我给你买玉。"

沈琅两手按在膝头，小脑袋转向夏堇璃："怎么买？"

"我去当家教，打工，挣钱买。"

"太慢，"沈琅朝夏堇璃伸出胳膊，"把豆子给我。"

"不给。"

沈琅跳下书桌，变成一个接近一米八的成年男子，宽袍大袖，眼含戾气："给我。"

夏堇璃把挂坠藏到背后："不给，豆子是我的。"

沈琅伸手抢夺，夏堇璃不松手，竟被一脚踹在地上。夏堇璃蒙了，捂着肚子仰头看沈琅。

沈琅嘴角下撇，凶相毕露："要不是我受伤，用得着哄你去赌石？好久没吃这么大补的玉精了，乖，把豆子给我，不然我杀了你。"

沈琅竟是这种人！夏堇璃浑身发冷，爬起来朝外跑。

沈琅一弹手指，指尖飞出一道绿光打中夏堇璃的右脚。

夏堇璃摔倒，水滴吊坠脱手滚出几米，变成一个小人。

小人脸色苍白，动作迟缓，声音很虚弱："丫头，你脚流血了？"

"快跑，沈琅要吃你！"

豆子迷迷瞪瞪不动。沈琅走过去弯腰想捡豆子，夏堇璃突然涌出一股勇气，用受伤的脚腕站起来，抓住沈琅的手腕送到嘴边咬。

沈琅甩开夏堇璃，破皮的手腕流出绿色光液。

-161-

原来玉精受伤不流血,小巷里旧伤复发、活不成的话是假的。

夏堇璃心凉透了,恨自己轻信又愚蠢。她满手汗水,攥紧裤子两侧,却发现口袋鼓囊囊的。

华莹塞给她的捉妖传单。

/四/ 给我一份救命套餐

夏堇璃装出害怕的神情:"沈琅,反正活不成了,让豆子吃顿巧克力套餐吧。我们不想当饿死鬼。"

沈琅狐疑地看她一眼,捡起豆子不再管她。

夏堇璃躲进客厅,把传单掏出来,按照上面的电话号码拨过去。她手指不停发抖,盼望华莹快接电话。

通了!夏堇璃正要开口,忽然瞥见沈琅靠在卧室门口,盯着自己眼神阴森。

夏堇璃说:"喂,我今天早上在学校门口收到你家传单,我要一份A套餐。"

"这是捉妖店,不是外卖店,打错啦!"

"A套餐没有,B套餐也行!"夏堇璃快哭了,"你今天早上在学校门口发传单,说A套餐很适合我。"

那头沉默一瞬:"你……要捉妖?"

"对对对,华新小区A号楼305。"

"几个妖?"

"是,一份。"

"他有人质吗?"

"两个蛋。"

"明白了,我马上去救你。"

夏堇璃松一口气,迎着沈琅怀疑的目光放下电话。

沈琅攥着豆子回卧室疗伤。

夏堇璃坐在客厅，心急如焚地盯着墙上钟表。快七点，天已黑透了。

忽然门铃一响，夏堇璃奔过去开门。门外果然站着全副武装的华莹。

夏堇璃拉着华莹走进卧室，正在打坐的沈琅惊呆了。

华莹从口袋中掏出一把符纸撒出去。符纸像漫天飞舞的蝴蝶，粘在墙壁、地板、天花板上，结成一个八卦阵。

沈琅被困阵中，满面怒容："贱人，我跟你无冤无仇，为什么不放过我？"

"2013年3月，一辆蓝色东风卡车从云南运送翡翠毛料，司机姓陈，二十六岁。你在车上吸食灵气，一车玉料变成废石。陈司机被公司起诉，锒铛入狱，判处六年有期徒刑。"

夏堇璃震惊地看沈琅，沈琅一脸得意，毫无愧色。

"同年10月，你在玉雕师傅于为民家吸食价值两百万的翡翠壶。翡翠壶失踪，于师傅为证清白，跳楼自尽。2014年初，你在香港参加拍卖会，和你一起拍卖的羊脂玉已有精魂，被你哄骗吸食。"

"哼，世界本就弱肉强食，谁让他们没本事？"

"沈琅，世上除了弱肉强食，还有一样规矩。"

华莹从背后拔出桃木剑："多行不义，必自毙。"

桃木剑上亮起一朵红莲光芒，飞向沈琅。

沈琅张嘴吐出一道绿光，绿光飞快蔓延，吞噬了华莹的红莲。

华莹一剑朝沈琅刺去，沈琅抓住华莹的桃木剑，再次吐出绿光。

绿光钻进华莹身体，华莹痛叫一声，桃木剑被沈琅夺走扔开。

"你以为我还是过去的沈琅？"沈琅哈哈大笑，抬脚从密不透风的八卦阵走出来，"吃了豆子的灵气，你已经不是我的对手。"

华莹肩上流血，动弹不得，颤抖着用枯瘦手腕去捡桃木剑。

夏堇璃悄悄走过去，把桃木剑用脚踢给华莹。

—163—

华莹抓起桃木剑，一剑刺进沈琅胸口。

沈琅大叫一声，胸口流出光液。他捏着华莹的脖子把她提起来，摔到对面墙壁上，然后气冲冲向夏堇璃走过来："你敢帮她？"

夏堇璃退到墙角，看着沈琅逼近，心中绝望极了。

忽然，沈琅怀里钻出脸色苍白的豆子，顺着沈琅衣襟爬到肩上，对着沈琅侧颈咬下。

沈琅痛叫一声，把豆子扔到地上。

豆子在地上打个滚，跳起来站在夏堇璃面前："不准欺负丫头。"

沈琅冷笑一声，抬脚踩豆子。

豆子灵活地闪开，爬到书桌上，从夏堇璃文具盒中拖出工笔刀。他两手握刀，站得笔直，刀尖指向沈琅："滚出我家！"

夏堇璃的泪水滚滚而落。

沈琅大袖一拂，把豆子连人带美工刀拂落地上。他跨过豆子，弯腰抓起夏堇璃的衣襟："我就要杀她，你能怎样？"

豆子不停发抖，短短的头发竖起来了，仿佛一只小刺猬。忽然，他身上涌出浓重的绿雾。那雾浓得化不开，似水，似血，瞬间膨胀，变成一个高高大大的男人。

男人穿着简陋的自制校服，俊美的面孔苍白如雪。婴儿学步一般，他跟跟跄跄走向沈琅，每走一步都流失大量绿雾。

"不准伤害丫头！"

豆子抓住沈琅的手腕用力掰。

那一秒，夏堇璃在沈琅的手中和豆子面贴面了。豆子的脸孔离夏堇璃只有几厘米，他脸上细细的毛孔也能看清。

恍惚中，夏堇璃想："原来豆子这么好看。"

但她还没有看清豆子是怎样一个好看法，豆子已经掰开沈琅手腕，把夏堇璃推开了。

夏堇璃只记得，豆子有一双眼尾上挑、睫毛浓密的凤眼。

那眼睛很亮，如漆黑永夜中，唯一的星。

华莹挣扎着爬起来，手里攥着一张金色符纸，趁二人打斗把符纸贴在沈琅背上。金色火焰腾起，把豆子和沈琅一起包围了。

"豆子！"夏堇璃把手伸进火焰拉豆子。

她没拉到温热、宽大的人手。

只抓住一个冰冷的、小小的挂坠。

火焰熄灭，沈琅熔化成一团绿烟消散了。

夏堇璃握着挂坠，泪流满面："你为什么连豆子也杀！豆子是好人！"

"阳火只烧邪魔，不烧精灵，"华莹说，"豆子只是透支灵气，变回原形了。"

"那……他……"

"把他埋进土里吧。也许一两年，也许几十年，他修炼好后还会化成玉精的。"

/五/ 我等你六十年

这天晚上，夏堇璃含泪收拾房间，清理了战斗留下的痕迹。

周末，夏堇璃到附近山上把豆子埋进土里，做了标记。

从那以后，每逢假日，她都要来山上看一看豆子有没有变成玉精。

据说，一块玉石要成形，须在雾露河畔受一万年风沙。人类寿命对玉石而言太短了。

但是夏堇璃还在等。

一辈子，六十年，也许能再见呢?

又一年秋天，枫叶红透。山顶泥土忽然松动，拱出一个十来厘米的小人。他左右看看，捡起一片枫叶遮住羞处，下山找到记忆中的房子。

门开了，一个十六岁的小姑娘看见豆子，惊奇地"咦"一声。

—165—

"夏堇璃……"

"奶奶,有个小人喊你名字!"

一个满头银丝的女人坐在轮椅上被推出来了。她那么老,但眼睛依旧很漂亮。

一如六十年前的秋天,她趴在庙会小摊上凝视那个水滴挂坠。

那一天秋空明净,万里无云,温暖的阳光穿过岁月,一直照耀到今天。

豆子沿着夏堇璃的轮椅爬上去,坐在她肩膀上,对着那只戴着助听器的耳朵说:

"丫头,我回来了。"

她梦里的那个少年，
其实就是他吧。

妖精住在芒果园
文/桃墨曦
图/九遥 × 莲喜

/一/ 奇怪的梦

"跳蚤这个名字的来历,可以顾名思义一下,蚤和藻的发音一样,蚤字形容跳蚤这种生物的体积小,而跳字则形象地表明了这个生物的习性——爱跳!所以我们可以推测一下,原本是植物的东西,只要碰上了'跳'这个字,基本上就能跨越种族从植物直接进化成活蹦乱跳的动物了……"

少年喋喋不休地说着他的天方夜谭。

"呵呵……"女孩干笑了两声,实在不知道要怎么接话,于是她坐在树枝上开始晃荡双腿。

终于,女孩将芒果晃下来一颗,还正好砸到树下的少年时,他停止了继续说话。但是,很快,他便从草地上跳起来,指着枝头的女孩大声说:"喂!都说了不要用水果砸我!你不知道对……而言,水果是最大的利器吗？"

"什么……什么啊……"

簌簌揉着惺忪的睡眼，努力晃了晃自己发涨的脑袋："又是这个梦……"

那句话到底说了什么，对什么而言水果是最大的利器？

/二/ 让我来帮你照顾果园吧

簌簌记不住那个梦，也记不清梦里那个人长什么样。但是看到百写时，她下意识地便想到了梦里的少年，一样褐色的短发和漆黑的眼睛，一样白色的衬衣和黑色的长裤。

他坐在涂成天蓝色的脚踏车上对她说："我在网上看到招聘，据说这个芒果园要招一个管理者，你看我行不行？"

他眨眨眼睛，漂亮的凤眼中有一闪而逝的笑意。

簌簌家住在轻枫小镇，这个小镇的居民以种植水果为生，她家里做的就是买卖的生意，收购果农的水果，再加工送往全国各地，现在是旺季，每年一到这个季节，家里就忙得不可开交，家里的芒果园就没人管理了。

簌簌因为要准备升学考，实在腾不出时间，便在网上发布了招聘信息。

可这个人也未免太年轻了，他看起来应该不到十八岁，这么年轻，行不行啊？她虽然很急，却也不想找个什么都不懂的愣头青，她家的果树可是很宝贵的。

"你有经验？"

许是看出她的犹豫，百写摘下遮住了大半张脸的帽子，露出一张带笑的脸，极年轻干净："我是农科院的学生，家里也是做这个的，如果你能允许我在芒果园做一些嫁接实验，我保证将'小宝贝们'照顾得面色红润，天天开心。"

他给她看了他的学生证："可以吗？"

百写，农科院大二学生，原来是看起来比较年轻而已啊。

"既然专业对口，那就试试吧。试用期一个月，我家'小宝贝'们就交给你了。"她学他的语气说，对上那双含笑的眼睛时，不自觉又想起了梦里的少年。

百写说他家在绿禾镇，那是个离轻枫镇不远的小镇，盛产农作物，夏季对他们而言是淡季，不比轻枫镇这边需要忙碌。从那天起，他便开始在芒果园打工，因为也是学生，工作时间便比较自由，簌簌本想安排他周末来的，但这个提议被百写拒绝了。

"我的课大多在下午，早上我来洒水除虫，周末时间就用来做实验吧。"

簌簌这才想起一个传闻，农科院的教授和学生都是疯子，好多人都喜欢做各种稀奇古怪的实验，上个月还流传出一个段子，一个毕业生用错了药水，害得A号实验区的所有实验品都枯死了。

她可不想自己家里的芒果死于非命。

她小心翼翼的表情实在太容易让人看明白她的心思，百写正儿八经地说："A号实验区……你知道的吧，就是因为那块地坏了，所以我们这批学生才到处找外援。"看到簌簌点头，他才接着说，"你放心，我还是低年级学生，接触不了那么高端的实验，我只尝试做嫁接，写几份报告发给我的导师就可以了。"

就是说，没危险？她松了口气。

/三/ 能不能帮我一个忙

簌簌围观了百写的第一个嫁接实验，七月末八月初的清晨，她早起复习功课没多久便看到他骑着车绕进铁门，后座上放着一大捆树枝，还有刀具和绳子之类的工具。期间，百写还给树枝伤口处喷了一些奇怪的药水，在纸上记录一些数据。簌簌因为也想考农科大，多少了解一点这方面的知识,嫁接实验利用的是植物受伤后具有愈伤的机能来进行的:"后山还有松树,你们做过松树和芒果树嫁接的实验吗,出现的果子是什么?"

"唔……实验是可以各种尝试,但并不一定都会成功,松树是裸子植物,芒果树和龙眼树是被子植物,从亲缘关系上来说,芒果树和龙眼树的嫁接成功率更高一点。"他放下手里的刀,对籁籁露出一看就不怀好意的笑容,"不过如果你想尝试,我们也可以试试看,但是你要答应我一个条件。"

籁籁的心提了起来,这个家伙又想干什么?虽然知道他压根没表面上看起来那么无害,但亲手尝试做实验的诱惑比较大,她忍不住了!

"什么?"

"距轻枫小镇20公里远的白平山,你知道的吧,山上有座庙,叫白平庙,年久失修……"

"请一句话干脆地说清楚!"

"那座庙附近有三棵桃树……"

"……重点!"

百写万分无辜地看着她:"其实是这样的,你如果放学早的话,能不能去给那三棵快枯死的桃树浇点水。"

籁籁冷冷一笑:"你可真有同情心。"自己不会去啊!大学生不是很闲吗?

如果不是山不高,籁籁真不乐意上山喂蚊子。

籁籁找到那三棵桃树时,它们已经枯败得只剩下稀稀疏疏几片叶子垂挂在枝头,和旁边的破庙一起勾勒出一幅荒芜之景。

水流改变了方向,它们也面临枯萎的结局。她将水桶直接放在瀑布旁边,回去后就和百写说:"你这样是治标不治本,我们总不能一辈子打水来灌溉它们吧,或者把水源引到它们身边,或者将树移到瀑布旁边,不然总有一天还是会枯死的。"

百写首次在她面前露出无奈的神色:"你没听过一句话嘛:人挪活,树挪死。如果可以移动,我早就移动了……"

籁籁翻了个白眼:"照你这么说,绿化带那些植物早就枯死啦。"

那三棵桃树并没多高大,想要移动的话还是能够做到的,她不知道为什么百写坚决不同意,他只是说:"再等等吧,我上山去看看。"

看什么? 查看地形吗?

/四/ 百写,你去了哪里

为了回报她的辛苦,百写送了她一套小工具,有用来挖土的铁锹、有用来修剪枝叶的剪刀,籁籁从其中拿出一个手掌大的条状扁平粗糙的不知名工具:"这是什么?"

百写想了想:"这是修指甲的。"

籁籁:"……"好吧,难怪看起来这么眼熟,可是她想不明白谁的手指甲会这么大,需要这么个手掌大小的工具来修指甲。

籁籁翻了翻冰箱,翻出两根凹凸不平的黄瓜,忽然双眼一亮,她跑去对正皱着眉给一株幼苗除虫的百写说:"原来是给植物用的啊。"

她晃了晃黄瓜,百写抬头对她微微一笑,因为背对着阳光,所以她看不分明他的眼神,只知道他嘴角的笑容淡淡的很温柔。

"是的。"

"林籁籁!"

放学的时候,籁籁被弘语叫住,她微微皱了一下眉,看着扎着马尾的瘦高女孩朝她走来:"有什么事吗?"

"我们这个周六准备去踏青,下午的时候能去你家的芒果园休息一下吗?"

其实弘语和她的关系并不好,不,不能说不好,是相当不好。平时弘语压根不理她,因为弘语的关系,她和女生这边的关系很不好,有点被孤立，但是她并不在乎，她向来对植物学的兴趣浓厚，远胜人际关系学。

但现在人家既然客客气气请她帮个小忙，她也不能拂了人家的面子，簌簌点点头："好的，到时候你们来吧。"

周六的时候，簌簌烤了一些曲奇饼干，准备了一点零食招呼客人，和弘语一起来的三四个女生都穿得比平时漂亮。簌簌注意到弘语修过眉毛，抹了唇彩，头发也是烫过的，从进门开始，她虽然强装镇定，眼睛却一直在打量四周。

终于，二十分钟过去了，弘语忍不住低咳一声："林簌簌，我们听说你家请了一个大学生帮你管理果园，怎么没看到他？"

啊……原来打的是这个主意啊。

簌簌忍着笑，端起手边的果汁："是啊。"

眼看弘语还要再问，簌簌在她开口之前便说："但是他大多数都是早上来的，因为下午有课。"其实实际的情况是，周末百写都会来，只是最近他遇上了一点麻烦事，所以才恢复到只来半天的规律。

真不巧，簌簌眨眨眼睛。

乘兴而来败兴而归，弘语并不死心，周日的时候她又来了，但是百写仍旧没出现。

弘语等了半天，离开的时候脸色非常难看。簌簌看她脸色就知道她肯定误会自己故意让百写不来。

真是冤枉啊！

簌簌想举双手双脚表示自己的无辜，她也没想到百写会翘班，而且这次没有打招呼。

就在簌簌考虑着是不是要扣点工资以示惩罚时，百写彻底失踪了，连着一个星期，他都没有来芒果园。

簌簌看着园中好多枝叶泛黄的果树花草，心里浮起了担忧，这些花木怎么了？

百写去哪儿了？

/五/ 我和你说这些你也不会信吧

百写灰头土脸地出现在芒果园,一脸苍白地蹲在铁门旁,对刚放学的簌簌有气无力地挥了挥手:"嘿,扶我一下,给我一点水可以吗?"

他那个样子,让簌簌想要责备他的话硬是没说出口。她粗鲁地扶起"虚弱"的百写:"发生什么事了?我还以为你去什么好玩的地方乐不思蜀了,怎么一回来就这副鬼样子?"

百写声音微哑:"朋友的家人出国旅游时带了一包种子和幼苗,那种植物繁殖速度非常快,在新环境里又没有天敌,一下侵占了好多土地,我和几个师兄弟都被拉去帮忙了。"

百写其实没这么累,但他知道簌簌是个很重视守约的人,这次事出突然,他离开的时候没能来得及告诉她,肯定让她失望了,现在只能用苦肉计博取她的同情,不过他说的却都是真的。

"很严重吗?"簌簌偏头看他,那眼下重重的黑眼圈让她十分不忍,心里的怒火早就消失了。但为了避免还有下一次,簌簌仍旧非常强势地低声警告他,"这次就算了,下一次再这样……就辞退你!"

百写轻笑:"好的,我保证没有下一次。"

簌簌照顾植物也算颇有心得,但这次芒果树出现那么多枯枝败叶,不管她怎么尝试都没有半点儿效果。百写休息够了之后,簌簌带他去看了一圈芒果树,百写摸着下巴,眼神古怪地看着那群树:"如果你相信我,我们把这些树在果园中的位置移动一下吧。"

挪树?这又是干吗,果园的土壤都差不多,这里和那里的养分又不会差多少,这样有用?

可眼看着继续枯败下去树就要枯死了,簌簌就让他死马当活马医,她看着他一边用铁锹挖树下的泥土,一边絮絮叨叨说着什么,不由得想这人可真神经。

百写搬了十来棵果树到另一边，剩下的十来棵留在原处，其他的并未做什么，不曾想小半个月后两边的树竟然都枝繁叶茂起来。簌簌拍拍不给她面子的果树："这又是为什么啊！"

她不服气啊，她卖力了多长时间啊，可谓绞尽脑汁地想办法，它们一点面子都不给她。百写就挪动了一下，它们就好了，这也太欺负人了！

果然是个看脸的世界吗？百写似乎看出她的想法，嗤笑着说："如果我告诉你它们吵架了，你会相信吗？"

簌簌翻了个白眼："神经。"

百写靠在树干看，远远看着她越走越远，看着她走进房间坐在窗口低头看书的侧脸，看得久了，他就这么坐在树下，嘴角挂着一丝恬淡的笑容。

夏天的风啊……轻轻的……

他这样想着，闭上了眼睛，他可没说谎哦，果树A和果树B谈恋爱谈了好多年，果树A喜欢上了春天路过的一只飞雀，于是果树B失恋了，果树B很暴躁，两边的家人和朋友于是也吵了起来。

不过和她说这些，她也不会相信吧？

簌簌写完作业站起来伸了个懒腰，一扭头才发现百写靠在树下睡着了，笨蛋，虽然是夏天，但是这么坐在都是露水的地方，他也不怕着凉！她拿起放在椅子上的外套走出去，走得越近，便看得越清楚，坐在树下的少年带着笑意，胸口微微起伏的模样，阳光静静落在他身上。明明是炎热的日子，他却仿佛感觉不到热度一般安静地睡着。

凭什么她睡觉被热得不得安生，他却这么悠闲？一想到前段时间对他的担心，簌簌怒从中来，一把摘下枝头青涩的果子，瞄准了正在睡觉的百写。

让你睡得香！丢你！

只是，当她手中的果子脱手而去时，百写忽然睁开了眼睛，那双一向带着笑意的眼睛仿佛藏了无数锋利的光芒。簌簌甚至没有反应过来，

—175—

他的身影就从树下跃到了一旁。

"百写……"她愣愣地看着他冰冷的眼神，有点儿受伤，用得着嘛，只是开个玩笑而已。

簌簌委屈地扁了扁嘴，他好凶。

百写似乎也反应过来自己的眼神太凶恶了，摸摸头有点儿不好意思，他无奈地叹了口气，走过来揉揉吓到的小姑娘，声音柔柔的："抱歉，吓到你了。"簌簌吸了吸鼻子，便听到他说，"以后不要用水果丢我，你不知道吗，对妖精而言，水果是世上最锋利的武器。"

他眨了眨漂亮的眼睛，簌簌的脑海却似乎炸开了一束烟花。

/ 六 / 真相，从来不是道听途说

自从百写来了芒果园，班级里的女生总是隔三岔五过来找簌簌，相处得多了，关于簌簌高冷看不起人的谣言便发生了变化。

"她看起来挺客气的。"

"不像想象中那么难以亲近。"

"可能不是故意不理大家，而是因为兴趣和我们不一样吧。"

她们喜欢逛街看电影买东西，无法抵御任何可爱漂亮的东西，但簌簌喜欢摆弄花草，照顾她的果树，有生命的生物想要长得好，总是需要付出更多的时间与精心照顾，这是个细致活。不管是养花还是养狗。

簌簌和女生之间的关系改善了许多，甚至连原本和她最看不对眼的弘语最后也对她说："我以为你是装作不在乎我们孤立你，原来你是真的不在乎啊。"弘语叹了口气，"那我们这么久以来的敌视不是收不到任何回报？好不甘心啊。"

大家纷纷笑起来，而弘语则是不甘心地扭头看窗外，顺着她的视线看出去，树下正坐着一个微微眯着眼睛的少年，他刚才在除草，身上还穿着围裙，这么可爱幼稚的围裙穿在他身上，也美好得不像话。

弘语愤愤不平地哼了一声，咬牙切齿："今天我第六十次表白了！这家伙到底知不知道什么叫礼貌！竟然这么固执地拒绝一个美貌又才华横溢的淑女六十次！"

"马上要高考啦，安心读书吧。"

"这绝对是借口。"

簌簌只是笑了笑，没有接话，她顺着窗户向外看出去，百写已经休息够了，正蹲在树下摸着树干不知道在做什么，或许又在自言自语吧？簌簌有些神思恍惚，上个周末她去了学校图书馆，看到了许多关于妖精的故事，但是关于妖精怕水果这个记载却只是批注中一句玩笑话。

因为在角落，因为不被关注，所以被人当成了笑话，但其实好多东西的真相与我们所知的并不一样。真相，从来不是道听途说，而需亲身体验。

就仿佛百写告诉她的这样，要走出去，多和大家交流，才能得到别人的认同与理解。弘语说的并不完全对，她不是完全不在乎的，偶尔想到大家都有朋友，而自己没有时，她也会难过，只是她尚且有更重要的目标，所以不会太伤春悲秋。

但能让生活变得更好的话，一些小努力为什么不尝试着去做呢？

丰收的日子很快便到了，爸爸妈妈忙着外面的大果园和生意，百写和簌簌忙着收芒果园里的果子。这次来了许多同学帮她摘水果，簌簌准备的围裙和竹筐都不够用。百写出现时，那夸张的造型引来了一片哄笑声，簌簌抱着果树笑得直不起腰："百……百写，你那是什么打扮？这是什么么？"她戳了戳他的衣服，"防弹衣吗？你收个水果穿这么厚实是为了什么！"

在一片笑声中，素来淡定优雅的百写拂袖而去，没人知道他是不是恼羞成怒了，因为他头上戴着头盔，裹得严严实实的，连只蚊子都飞不进去。

跑得远了，百写才回头看芒果园，他的视力比正常人好太多，隔了

—177—

这么远也能看到她脸上的笑容。他藏在头盔中的脸微微一笑，顶着周围人看神经病的视线，跑远了。

/七/ 我要冬眠了

白平山的那几棵桃树，情况越来越不好了，簌簌叼着一根狗尾巴草蹲在树下，戳了戳拿着木勺浇树的百写的腿，含混不清地说："你说，这几棵桃树是不是不愿意移动啊？它们不会也失恋了吧，所以自寻死路？"

不然怎么不去水源丰富的另一边？

百写却不以为意："你见过这么坚强的失恋病患者吗？他们热爱脚下的土地，即便它不复从前的富饶变得贫瘠，这也是他们生长的地方。"并不是所有生物都惧怕死亡，有时候信仰比生命更重要。虽然信仰这种东西，在绝大多数人眼中，那是扯淡，坚持的人都是笨蛋。

但是，世上令人感动的事，绝大多数都是笨蛋做的吧。

簌簌吐出嘴里的狗尾巴草，弯腰提起水桶："你浇了这么久累坏了吧，我去打水，你休息会儿。"她哼了一声，转身就走。

百写笑眯眯地看着她轻快的背影，口是心非的小姑娘，明明是在关心他。他伸手珍惜地抚摸着矮桃树的枝干，像抚摸一个孩子的脑袋："放心吧，以后就算是冬天，也有人照顾你们了。"

秋风吹过，带起低低的哗啦啦响声，似乎那些桃树果真在回应他的话一样。

簌簌的这个暑假忙得不行，到处都有约她的朋友，现在她只要听到电话铃声一响起来，就想一头埋进枕头里，没朋友的时候想要朋友，朋友太多了又变成一种负担。百写一边解围裙一边扭头看她呆傻傻的模样，笑着说："贪心是种病，得治。知道有句话怎么说的吗？"

"什么？"

"甜蜜的负担。"他笑起来。

簌簌也对他露出笑容，心领神会地点头："不错，对了，我和同学说好了，以后我们轮流去白平山给那些树浇水，尽可能保护它们不会枯死。"说这话的时候，她小心翼翼地看着百写，"如果最后它们还是枯死了，那怎么办？"

百写似乎看懂了她的眼神："我会找个地方将它们埋了，来年它们能化作化肥，滋养大地。"落叶归根，这不仅仅是人类的愿望，也是树的愿望。

簌簌松了一口气，她就是担心他会伤心。有些事情她没有问，是因为她担心问了，他们就连朋友都做不成了。

他说他是农科大的学生，但她曾偷偷跑到农科大去打听他，却发现没有人知道有百写这个人。她还去过绿禾镇，沿着百写给的地址一路找过去，才发现那里是大片麦田。

所有的信息都是假的，可是，这个人是真的啊，她梦里的那个少年，其实就是他吧。

他是妖精吗？

簌簌问不出来。

"簌簌。"

"啊？"

"我估计我要辞职了。"百写认真地看着她，严肃地说。

簌簌被他吓了一跳："怎么了，是发生了什么事情吗？"

百写看着她紧张兮兮的小脸，像往常一样伸手揉乱她的长发："春华秋实，知道什么意思吗？就是说万物生长自有规律，春夏秋是用来玩的，但是玩累了，到了冬天，就该休息了。"他想了想，用了个专业术语，"我要冬眠了。"

簌簌笑起来，一颗心放了下来："又不是蛇，还冬眠啊。"

/八/ 白写,我们不见不散

百写消失之后,很多人都向簌簌问起他,簌簌只说他辞职了,或许明年还会出现,或许不会。弘语伤心了一段时间,第二年她认识了新朋友后便不再想起百写。

簌簌高考后如愿去了农科大,她比从前开朗了,也认识了很多新朋友,但绝大多数时间她还是很安静,去白平山照顾果树,或者去图书馆。第二年的夏季,百写并没有再来找她,而簌簌搜完了学校图书馆里的书,去首都图书馆继续翻书看。后来她找到了一本古籍,看不出出版年月,那里面写了许多许多新奇的故事,有些是她知道的,更多是她不知道的。

簌簌一边看着,一边心跳慢慢加速,她向下仔细地看下去,终于看到几行字——

果园妖精,又称芒果妖精,因为他们极其偏爱芒果。常以纤弱少年的形态出现,喜欢住在芒果树上,芒果妖精大多个性平和,有爱心,将果园持有者视若家人,会从某种形式上帮助他们走出困境。有冬眠期,三年。

簌簌合上书,那么百写,明年夏天,不见不散咯。

不 忘

CHANG
XIA
BU
SHI

充满欢笑声的世界,
比那座金碧辉煌的冰冷宫殿好多了。

皇上！臣妾是汐妃啊

文 / 观海之鱼

图 /J

① 有人的地方就有宫斗

"皇上,您要臣妾死,臣妾不敢不死。可是,臣妾这一死,从此以后,谁给皇上做秘制鸡翅呢?"想到此处,汐妃悲从中来,泪水夺眶而出。

"同学?让一下?"

呜呜呜,人家要跟皇上死别,正酝酿伤心情绪呢!谁人还来打扰?

"我说你,别霸着别人的座位打瞌睡,哇,还流口水!"说话的人用力推了推她,汐妃不情愿地睁眼。

唐思文两眼睁得大大,想看清楚,汐妃的口水是不是弄湿了他的课桌。

皇,皇上的脸比平时放大十倍!

"哇啊啊啊,皇上,臣妾知错了,臣妾不该把脸放在离您龙颜那么近的地方,让皇上看到不应该看的东西!"

往昔,只要自己出现在皇上周围五百米范围内,皇上就会龙颜大怒。因为,国师算出来了,他对皇上说:"汐妃乃金翅鸟转世,不祥人,留她,必招大祸。"

一开始,皇上只是要求她远离圣驾,后来因皇上患了一次禽流感,竟绝情地要处死她。

皇上不知道,每每看他与其他妃子亲密交谈,言笑晏晏,她都心如刀割。今日,汐妃有生以来,初次和皇上靠得这么近。

皇上的眉眼,原是如此英气逼人,鼻骨是如此挺拔,嘴角微翘,简直俊美如潘安,令人不禁心脉加速、血气逆行。

"同学,你发烧了?"

皇上说着,竟还伸手过来,轻柔地放在她滚烫的额头上。

"啊,真的很烫,至少有四十度高烧,你居然还来上课,也是蛮拼的。"思文随手为汐妃指了指路,"那边,保健室,去看看吧?"

"宝、剑、室?"汐妃"扑通"一声跪下,把思文和围观同学们吓得后退三步。

接着,大家还没弄清楚发生了什么事,汐妃跪着爬前几步,抱紧思文大腿不放,号啕大哭。

"皇上啊!您又要赐死臣妾吗?这次不是白绫毒酒,是宝剑穿心吗?您想让臣妾死了这条心,来世也不能与您再见吗?"

"竟然转学第二天就抱思文同学大腿!"女生们咬牙切齿,怒瞪跪地不起的汐妃。

感受到烧人的视线,汐妃怯怯望向四周,她们,是皇上在这个地方的嫔妃吗?

没想到,换了个地方,皇上还是皇上,他的妃子也还是那么多。果然,有人的地方，就有宫斗！这次，自己绝对不要再成为炮灰！

可是，她们穿得太奇怪，裙子太短了，袖子也太短，领子也太低，如此不端庄贤淑，成何体统？

咦，慢着，自己的袖子怎么也只有半截儿？裙子也好短！

啊！

汐妃以跪着的姿势，光速缩到墙角，双手紧紧拉高衣领，对自己的穿着打扮感到羞耻。

"啊！皇上，你做什么？怎能抱起臣妾，臣妾不得擅自触犯龙体的！皇上嗷嗷嗷……"

被一把抱起，汐妃拼命挣扎，思文轻蹙眉头，低声劝道："同学，你真的烧得很严重，放着你不管，肯定烧坏脑子。我带你去保健室。"

又是宝剑室！

皇上，竟然要亲手赐死自己？

也好，这次，汐妃一定感恩赴死。呜呜呜，可是，看着皇上那么帅的脸，感受到了皇上的体温，更加不舍得死了啦！

"医生，她发高烧说胡话，快给她吃药。"

皇上好霸气，居然用脚踢开门，汐妃崇拜地望着他。

"思文同学，说过多少次，不要用脚开门。"

穿白大褂的人，把一根奇怪的透明针塞进自己嘴里，生气地教育皇上。

"唔唔唔……"汐妃抗议，她说的是："大胆刁民竟敢指责皇上！"。

"抬头！张口！好了，吃了这个药，贴着退烧宝，上课睡一觉就生龙活虎。"

"医生，你这样怂恿学生上课睡觉，真的没问题吗？"

汐妃咀嚼着药，无聊地四处张望，看到墙上挂的月历。

"2014年8月15日？"嘴里的药渣差点喷出来。

-185-

长夏不逝

汐妃终于明白，皇上为何性情大变，没带自己去宝剑室赐死，而是到保健室吃药治疗。

紫禁城门下，命悬一线之时，风云大变，原以为自己化为一缕香魂烟消云散。

不料，神迹出现，她竟来到这个奇怪的世界，再遇皇上！

② 要得宠，请回答正确

没有障碍的窗户，一望无垠的蓝天，清新的空气直扑过来。女孩男孩们自由地说笑、奔跑，这些都是枯燥拘谨的红墙之内，从未体验过的新鲜感。

汐妃贪婪地使劲吸气，还想更靠近，伸出脑袋，"砰"一声撞到玻璃上。

"还没退烧吗？这是玻璃，当然会撞疼。"越看这女孩越古怪，发个烧至于变傻子吗？还是，古装穿越剧看多了？

"原来，这个东西叫'玻璃'。"汐妃摸摸额头。

一阵清脆的铃声响起。

"同学们翻到第78页，这节课，我们分析一下力的相对作用……"

戴眼镜的男老师在说啥？他拿钢球和铁架，在讲台上玩了大半天，汐妃始终拿着一本英文书，紧盯着看。

"汐妃同学！我忍你很久了，虽然下节课要英文小测，你想临时抱佛脚的心情，我可以理解。但是，可以在英语书外面套一个物理课本吗？"物理老师差点没把手里的钢球丢过来。

哄笑声中，她好不容易在好心的同桌帮助下翻找出物理书。

"这个问题，思文你来解答。"

思文刚才被汐妃弄得走了神，一时没听清老师的问题，只能苦笑着摸了摸后脑勺。他后座的女生立刻站起来解围:"老师,这个钢球应该在力的作用下,做加速运动,按照重量和斜度计算,速度是……"

"完全正确!"

比起老师的赞许,皇上一句轻柔的"谢谢你",让女生更高兴。

汐妃看在眼里,只能暗暗咬手绢,质问自己:为什么不中用,无法为皇上排忧解难。

她也明白了一个道理:在这个新后宫里,想得宠,就要回答正确!

没关系,此战输了,下一战赢回皇上的心便是。

汐妃握拳盯着英语小测卷子,拳头慢慢软下来,左右探望,大家都"沙沙沙"答卷子。

这些长得各不相同的小昆虫文字,是什么东西啊?

英语?她只懂老家方言和官方语言,压根不认识这种奇怪的语言。

"交白卷?!汐妃同学你,你,你简直气死人!"

四周又传来哄笑声,汐妃感觉脸上的温度又上升,一定是自己太笨了。其他女孩,看起来也跟自己一般年纪,她们对答如流,博学多识。

上课时,她们一个个抢着举手回答问题,物理化学英语数学样样精通。下课了,她们也能围着皇上,一起探讨天文地理和时尚娱乐。

③ 完蛋,惹得皇上龙颜大怒……

好不容易,盼到了语文课,今天讲的还是古诗!

"太好了,总算轮到我发挥,一定要让皇上对我刮目相看。"

"今天的作文是话题作文,围绕'活着'写文。"

一听这题目,汐妃深有感触,当即文思泉涌,摊开作文纸,挥笔,

-187-

一气呵成。

"汐妃同学，好像已经完成了？"老师好奇地向她走来，还苦苦等待灵感大神降临的学生们，纷纷投来惊讶的目光。

老师微笑着拿起作文纸，脸色从红润变青白再变灰白，最后气得嘴唇都苍白。

"你、你、你写什么诗？黑板上不是写得清清楚楚？文体，除诗歌外！"

没脸见皇上了，汐妃把脸钻进书包里。

"生当如夏花绚烂，死愿似枯蝶迷世，不求此生共升平，只留暗香在心间。"思文念完，不由自主地称赞，"写得挺好，没想到，你也有擅长的事情嘛。"

咦？皇上这是夸奖自己！？

"皇上，臣妾定不负所望！"汐妃满血复活，暗下决心：这次宫斗再激烈，我也要坚强地活下去，为了能在皇上身边，哪怕远远守望！

守护皇上，从每一件小事做起！

体育课，汐妃气喘吁吁跑在最后，花了半小时还没跑完800米，还不忘关注正在进行的男子1500米跑。

皇上加油！没力气喊出声，只能在心里默默祈祷。

啊，一个大胆刁民，竟敢跑在皇上前面？

汐妃站住脚，深呼吸，大喊："跑第一名的庶民，还不速速退到皇上后面去?。"

"咚"一下，体育老师狠敲汐妃脑门，疼得她抱头蹲下。

"笨蛋，快把你的800米走完！都要下课了！"

汐妃腰酸背痛腿抽筋地完成800米，发现皇上和一群庶民往操场附近一间小商铺走去。

他们好像买了什么饮品，皇上拧开一瓶黑色的饮品，那些黑色液体迅速冒出白色泡沫。

"皇上！不能喝啊！有毒！"汐妃急速奔跑起来，体育老师看傻了眼。众目睽睽下，她一脸慷慨就义的表情，夺过剧毒饮品，仰头一饮而尽。

"呼，哎，这毒酒还挺美味？"汐妃舔了舔嘴角的泡沫，发现皇上正用杀人的眼神怒视她。

"你白痴啊！干吗抢我的可乐喝？"完蛋，自己惹得皇上龙颜大怒。

放学后，汐妃像个做错事的小孩，偷偷摸摸尾随思文。

"你想干什么？又要抢我的东西吃吗？"思文小心护住手里的烧饼。

汐妃拼命摇脑袋，转身要跑，只听他又喊自己。

"喂！你去哪儿？你家也在这个方向，你住我家对面的啊，发烧烧到这个都忘了？"

曾经，自己的偏宫，离皇上寝宫十万八千里。

如今，竟能住在皇上对面！

汐妃突然觉得，来到这个世界，还是挺幸福的。

④ 到处是迷你裙的世界太危险

第二天，汐妃穿着一条好不容易从衣柜里翻出来的长裙，婀娜多姿迎风摇曳地走进教室。

"汐妃同学，请你解释一下，为什么该穿校服裙的日子，你却穿了条这样的裙子？"班主任老师差点没气煞。

"老，老师，我觉得原来的裙子太短。"

班主任老师推了推眼镜，叹口气。他带过那么多学生，奇怪的学生不是没有，但像汐妃这么奇怪的，还真是头一回见到。

"她这么高调,是不是想吸引思文同学的眼光?"

"你们别打思文的主意了,我看,汐妃本来就是他的童养媳。你们没听见?她一直喊他'皇上'。"

童养媳这个词,汐妃听得懂,她条件反射地拍桌而起:"谁是童养媳啊?臣妾乃根据律法,到法定年龄入宫,接受严格训练和筛选,才成为皇上的妃子!"

"噗,是不是脑子,烧坏了?"

"昨天不是还交了英语白卷?作文课写了诗?"

"怪胎。"

议论不绝于耳,汐妃只是红着脸,委屈的眼泪在眼眶里打转,她强忍着。

不能在看不起自己的人面前哭鼻子,他们不会同情自己,反而更想欺负她。这是宫中不休斗争教会她的道理。

"你总说些莫名其妙、乱七八糟的话,别人把你当异类也没办法啊。首先,你试试叫我'思文',还有,不要用'臣妾'称呼自己?"

皇上递来的纸巾,弥散着薄荷香气,还残留着他的手温。

汐妃再也忍不住,委屈得号啕大哭起来。

她努力适应这个新世界的规则。她已经知道,上什么课该拿什么书,也知道大家喜欢喝的黑色冒白泡汽水没有毒,她在努力着。只希望,这一次的努力会被认同,不再重蹈覆辙、被皇上赐死。

她使劲吸鼻涕,哽咽地试着唤一声:"领旨,思文同学。"

"噗,好吧,总算改掉了称呼,有进步。"

皇上笑了,真好看啊,汐妃不禁看傻了眼,一不留神,却被拥挤过来的女生狠狠撞开。

"思文同学,明天星期六,大家商量一起去游乐园,你也会参加吧?"

经不住女生们七嘴八舌的邀请,思文勉强答应,突然看到跌坐在地的汐妃。

"汐妃同学,你也一起去吧?游乐园,有兴趣吧?"

游乐园?大概就是像御花园一样的地方吧?皇上从来不曾邀请她同游御花园,千年等一回的机会,当然要去!

⑤ 皇上,三思啊,上了贼船,后果不堪设想呀!

艳阳当空照,汐妃大汗淋漓,还是坚持穿高领子衣服和长裙,被其他女同学视为另类。

因为,她们都穿着吊带裙、迷你裙,啧啧,成何体统?真是不知羞耻,肯定没学过女德!

游乐园和御花园差很多,除了水上划艇跟行舟差不多,其他都是从未见过的东西。

"思文同学,我们去坐海盗船吧!"

海盗的船怎么能坐?汐妃拉住他,低声劝道:"皇上,三思啊,上了贼船,后果不堪设想呀!"

"海盗船上没有海盗,只是因为惊险刺激,所以叫海盗船。走,一起试试吧?"

不试不知道,试过一次,汐妃终生难忘,肯定这是"贼船",因为她一下海盗船就吐了。

刚把早餐吐完,又被拉着去坐摩天轮,结果,全程尖叫。

"接下来,我们去鬼屋吧?"

脑门上还冒星星的汐妃,立刻清醒过来,大声喝止:"不要啊!人不犯鬼鬼不犯人，怎么可以私闯鬼屋？会招祸害，被诅咒的！"

"哈哈哈哈，汐妃，你真是太搞笑了。"

"我懂了！你该不会是故意搞笑的吧？叫思文同学'皇上'，说些文绉绉的话，故意恶作剧气老师们？"

汐妃也不知道发生了什么事，女同学们纷纷恍然大悟，也不再嫌弃她是"怪胎"，反而夸她"好厉害演技媲美奥斯卡影后"。

"谢谢，大家。"

这一道谢，连皇上也捧腹大笑，汐妃不明所以地跟着傻笑起来。

只要大家都开心地笑，充满欢笑声的温馨世界，比那座金碧辉煌的冰冷宫殿好多了。

⑥ 心塞！一代君王，竟然超市搬货物

近来，汐妃发现，皇上经常早出晚归。夜里八点还出门，凌晨十二点才回家，早上也是天没大亮就出去。

形迹可疑，皇上一定隐瞒了什么事！

怎么办？直接问他，他敷衍说出去夜跑。事实上，汐妃没看见他汗流浃背地回来啊。而且，哪有人夜跑到深夜十二点？

自己一定要保护好皇上的安全！听到对面的门声响，汐妃立刻跟出去。

黑暗中，思文匆匆赶路，汐妃用一根狗尾草挡脸，小心翼翼跟踪。

思文突然转身，快步往后面走来，汐妃躲不及，只能用狗尾草挡着眼睛，假装看不到他。

"你干吗跟着我？"

"咦？皇上，您怎么能看到臣妾？"

"你跟踪人的技能很差，拿着一根狗尾草，怎么可能挡住整个人？"

"皇上英明识破，那么，臣妾先行告退。"

又是一个夜深人静时刻，对面门又响了！

汐妃戴好帽子、口罩和墨镜，瞄准时机，跟上去。从之前的失败跟踪吸取经验教训，这次非常成功，一路跟到便利店，也没被发现。

皇上竟然穿着一身难看的工作服，在便利店里搬运重物、整理货架，还向来往的客人们鞠躬谄媚。

皇上何以屈尊降贵地打工赚钱？汐妃想起，她家母上感慨过："哎，父母离婚，只可怜了思文那孩子，两人都不管他，居然要他独立赚钱交学费。虽然那孩子越来越能干、懂事，但也太累了。"

太苦了，堂堂一代君王，天之骄子，怎能沦落至此？

"皇上，不如我们回去吧？紫禁城内，虽是鸟笼一般的地方，好歹锦衣玉食，臣妾，心疼您。"汐妃拉着思文，眼泪嘀嗒落下。

"思文，还不快来搬货？"同事催促，老板也投来怀疑他偷懒的眼神。

偏偏汐妃死缠烂打，还一直说什么回去当皇上的鬼话，气得他一甩手，怒吼道："够了，你这个外星人，究竟是从哪里冒出来的怪物？还是被奇怪的东西附体了？"

"皇上，您又要赐死臣妾了吗？"

思文转身要走，汐妃难过地拉着他的衣袖，使劲摇晃，他一个趔趄，撞在货架上。

一颗西瓜摇摇晃晃，滚动起来，掉下货架！

⑦ 皇上……是我的绰号

西瓜要砸到皇上了！

汐妃毫不犹豫地扑过去，西瓜准确无误击中她的脑袋。

好晕，这是又要挂掉的前兆吗？

这次，一定要把没说出来的话，告诉皇上。

"皇上，您要臣妾死，臣妾嘴上不敢说不死，但心里很不想死。只是，为保龙体安危，纵使臣妾如今要被西瓜砸得粉身碎骨，也在所不惜！"

汐妃不知，她迷迷糊糊说这番肺腑之言的时候，已经被送到了医院。

"完了，这是把脑子给砸坏了吧？"医生摇摇头，用工具撑开汐妃的眼睛，检查她的瞳孔。

"本来就是坏的。"思文在旁嘀咕，又担心地凑过去查看汐妃的情况。

"皇上！啊！难道皇上殉情，来陪臣妾？"汐妃感激涕零，以为自己身在天堂，皇上跟随自己而来的。

接收到医生惊恐的目光，思文苦笑着解释："本人绰号'皇上'，呵呵。"边说边冲汐妃使眼色，挤得眼睛都酸了，幸好她算善解人意。

汐妃机灵地配合道："没错，是绰号！我的绰号是'臣妾'，嘿嘿！"

说完，她又用小白兔一样胆小的目光望着思文，向他确认自己有没有犯错。

思文被她逗笑，心想，这个古怪女生，如果真是穿越而来的怪人，就由自己来把她调教成正常的现代人吧！谁让自己是"皇上"，应当有身为王者的气魄和担当。

当下，汐妃才觉得自己获得真正的重生，她在心底暗下决心，要做一个配得上思文的博学多才、能跑 800 米、敢坐海盗船的现代女子！

如果我能回到过去,
我一定会先去与你相遇。

没有人可以拒绝我林弯弯

文/沈暮蝉
图/冷色系

童话街2号是一家生意极好的甜点屋,店长叫林弯弯,她做的舒芙蕾是附近最有名的,不到下午三点就会被一抢而空。可是,弯弯一直在等待一位顾客。

① 与你初遇

林弯弯第一次遇见毡帽先生,她七岁。那日她与老妈逛商场,转个身老妈就不见了,弯弯在商场里哭得上气不接下气,可是身边人来人往,没有一个人停下来帮她。她无助地坐在地上,直到一个老爷爷出现,弯弯没看清他从哪里来,就仿佛从天而降。

他头戴毡帽,从帽下一抬头,沉淀着岁月却依旧清亮的双眸十分动人,纹路遍布的脸上,依稀能看出年轻时的棱角分明。

"弯弯,别哭。"他把弯弯从地上抱起来,声音沉缓好听,温柔极了,他笑着说,"我带你去找妈妈。"

弯弯吸了吸鼻子,嗫嚅地说:"你怎么知道我叫弯弯?"

"这是……秘密。"不知想到了什么,他清透的眸中闪过一丝郁色,但很快,他的眼睛又明亮起来。他对弯弯笑了笑,用苍老的手掌牵起她的小手,向商场的办公室走去。

他把弯弯交给工作人员,然后默默地坐在她身边陪她等妈妈。弯弯对他好奇得不得了,她从来不认识一个这么帅的老爷爷啊,他到底是谁?她忽然想起什么,连忙抬头对爷爷一本正经地说:"我该怎么谢谢你?"

老爷爷微微一笑,竟是真的思考了一下,问道:"你会做舒芙蕾吗?"

弯弯摇摇头,舒芙蕾,那是什么东西?

老爷爷拍拍她的脑袋,却没再说什么。等老妈来接弯弯时,老爷爷已经不知在什么时候消失了。

这就是弯弯和他的第一次相遇,在弯弯最狼狈的时候,他就此出现在她的人生中,似捕风,似捉影。

后来,弯弯在知道舒芙蕾是什么东西以后,就开始学做这个传说中最难做的甜点了。她很有天分,做出来的舒芙蕾甚至比甜点师傅做的还要好吃。大学毕业之后,老妈就帮她开了这个店,她甚至有个外号叫"舒芙蕾女王"。

有人说,林弯弯做的舒芙蕾,简直好吃得可以让人做梦,只除了一个人,唐亦深。弯弯对唐亦深印象深刻,深刻到第一次见面就对他有莫名的好感。

弯弯第一次见到唐亦深是在她的甜点店里。

唐亦深身穿一件标有"物理研究所"的衬衫,本是普通至极的打扮,竟被他穿得非常有型。至于他的长相,弯弯想了想,大概只能想到"如沐春风"这个词了。

他买了一块招牌舒芙蕾,只吃了一口,皱了皱眉就果断把剩下的都扔进了垃圾桶！弯弯惊呆了，这还是第一次有人这么对待她的甜点……

唐亦深似乎感受到她杀人的目光，语气淡然地解释了一句："舒芙蕾太甜，我今天摄取的糖分已经超标。"

那意思不还是嫌弃她做得不好吃吗？！第一次见面并不算愉快，但弯弯不但不生气，反而对他有种奇怪的感觉，平常这种感觉明明只会在见到毛爷爷才会有的——一见钟情的感觉。

弯弯立刻抓起一个无糖的戚风蛋糕推给他，笑眯眯地说："先生，谢谢你为本店提供的意见，这是一点小礼物，本店改进之后会免费邀请您来尝试，能不能留下一个联系方式呢？"

单纯的唐亦深显然没料到弯弯是个人精，在她的热情忽悠之下，为了吃到一个更好吃的舒芙蕾，他光荣地掉进弯弯的坑里，工工整整地在弯弯的笔记本上留下了"物理研究所，唐亦深博士"几个字。

物理研究所居然还有这等极品？弯弯觉得自己捡到宝了！

② 他来自火星

第二次见到毡帽先生，是在弯弯十二岁那年。

那是圣诞节的前一天，老爸老妈都出差了，正好又是雷雨天，弯弯和小伙伴出去玩，一时兴起淋雨回家。

半夜，弯弯高烧不退，严重到眼前不断掠过过去的记忆。听说人死之前，脑海中就会出现过往发生的事，那时她以为自己就要死了。

然后，五年未见的老爷爷奇迹般地出现了。弯弯睁开眼睛时，他就站在她的床边，和五年前一模一样，手里的毡帽干干净净，一点儿雨水都没沾到，仿佛他不是从雨中来的。

他俯身摸了摸弯弯的额头，可能真的烫得吓人，弯弯听见他声音都颤抖了："弯弯，别怕，我在这里。"

弯弯知道是七岁时遇见的那个老爷爷，滚烫的脑子忽然间就不疼了。

不知道他喂她吃了什么灵丹妙药，弯弯很快就不难受了，迷迷糊糊间，她问他为什么会出现？

老爷爷摸摸她的脑袋说："我的时间不多了，弯弯，所以我只会在你最需要的时候出现。"

可他看起来一点儿都没变老啊，难道他生病了吗？弯弯不解，可是他轻声哄着她，很快她睡着了……

这一次，弯弯也不知道他是怎么离开的，甚至不知道他是怎么来的，因为家里的门窗都锁得好好的，外面的人是进不来的。突然间，弯弯的脑海中闪过一个想法，她跑到烟囱前蹲着往上看，里面黑黢黢的。

难道，他是圣诞老人吗？

……

弯弯做好改进版的舒芙蕾，特意换上一条新裙子，极其甜美地出现在物理研究所。研究所里的宅男们一听她要找唐亦深博士，纷纷惋惜不已，又一个美女栽倒在唐亦深的西装裤下了。

弯弯找到唐亦深，明明醉翁之意不在酒，把舒芙蕾推给他之后，直勾勾地看着他。

唐亦深抬起头，也貌似"深情"地和她对视了半响，正在弯弯心跳加速之时，唐亦深开口道："林小姐，你应该去医院检查一下，有沙眼。"

弯弯倒地！这个男人，到底是有多不解风情啊！

弯弯不放弃，继续蹭到唐亦深身边，痴痴地看着他："唐亦深博士，你是研究什么的啊？"

唐亦深："我的研究方向是天体物理，弦理论，具体来说其实是……林小姐，你坐得太近了。"

弯弯转了转眼睛，努力在脑瓜子里找出一个物理名词，笑道："唐博士，不是我坐得近，这就是万有引力啊。"

唐亦深像看笨蛋一样看了她一眼，淡淡道："林小姐，你和牛顿一定有什么误会。"

弯弯心想，我和你才有误会啊！可是对唐亦深这种木头估计什么追人技巧都没用，不如直接一点儿吧，弯弯一咬牙，说："唐亦深，我要是和牛顿把误会解开了，那我可以做你女朋友吗？"

唐亦深一愣，似乎被弯弯吓到了，可是很快，他却开始以一种研究天体物理的眼神看着她，最后说了一句："林小姐，这只是你脑子一时产生苯基乙胺的反应而已，不过这种东西对我来说相当于毒药，你最好也联系一下相关部门，早点儿戒了好。"

什么笨鸡一安？弯弯傻了，他说的东西她一句都没听懂啊，后来她查了一下才知道，原来这什么"苯基乙胺"就是科学上解释的大脑因为爱情产生的物质，某种意义上类似于中枢兴奋剂，那么他说不需要的意思，就是秒拒她了？

弯弯平生第一次追人，竟然这么快就被拒绝了，她哭着打电话给闺蜜。闺蜜一听就让她放弃吧，物理界的高冷男神，弯弯这种理科白痴怎么可能追得到。可弯弯就是喜欢他啊，她也不知道他到底哪里好，就是第一眼就喜欢他，觉得一定要追到他。

闺蜜叹气，等你分得清伽利略和爱因斯坦再说吧。

弯弯：爱因斯坦我知道，不就是忍者神龟嘛！

③ 爱情教学

第三次见到毡帽先生，是弯弯十五岁生日那年。

那年，所有人都忘记了弯弯的生日，她一个人放学回家，家里冷冷清清的，没有生日派对，没有蛋糕，没有丰盛的饭菜。弯弯哭着给妈妈打电话，妈妈竟然都不记得她的生日，只告诉她桌上有钱，自己去买吃的。

弯弯只好自己买了个蛋糕，然后跑到公园过生日，邀请小鸟和蚂蚁、树叶和灰尘，风一吹大家都在唱生日歌，多好啊！

可这是弯弯最孤独的时候,她忽然想,这就是她最需要朋友的时候……

"弯弯。"

没想到,熟悉的声音真的响起来了!弯弯一下子跳起来,她回过头,戴着毡帽的英俊老爷爷正站在那里,对她微笑。

弯弯心想,这不是圣诞节啊!他真的不是圣诞老人吗?而是……属于她的童话。

老爷爷坐到她身边,问发呆的她:"在想什么?"

"我在想,今晚的星星真好看。"

"是吗?其实你看到的星星并不在你所看到的位置……"老爷爷几乎是条件反射地说了一句,可忽然又想到了什么,顿了顿,看着一脸呆滞的弯弯,笑了,"没什么,祝你生日快乐,弯弯。"

……

弯弯的目标是唐亦深。

她下了决心,天天到研究所外面等着,只要唐亦深一有空就跟在他后面跑,她就不信他不会产生那个什么笨鸡一安!

早上,她就带一个舒芙蕾和热牛奶到研究所门口站岗,唐亦深每次都无语地看她一眼,弯弯就冲上去,问:"唐亦深,你今天产生笨鸡了吗?"

笨鸡?他们果然不适合。唐亦深冷笑了一下,转身走了。

某次,弯弯送早餐被热牛奶烫到了手,本想装一下柔弱,正在她期待唐亦深会不会心疼时,唐亦深却说:"你知道你为什么会被烫到吗林弯弯?这是因为,粒子在热运动的过程中相互碰撞,增大内能,导致温度升高……"

唐亦深博士,你能说人话吗?弯弯欲哭无泪,从他开始说"这是因为"时她就蒙了,最后只能在他说"听懂了吗"时,茫然地摇摇头。

唐亦深看了她一眼,笑了:"林弯弯,你连我说的话都听不懂,还想追我吗?"

弯弯愣了,她从小就理科不好,因为她也没想到有一天要用这么高深的知识来追人啊!

弯弯沮丧地回到甜点屋,然而屋里却站着一个人——戴毡帽的先生!

这是弯弯十五岁之后,时隔七年又再次见到了他,他依然从未老过。

老爷爷负手而立,听到弯弯的声音,回首,眉目如画,似是故人来。弯弯心想,原来这世上也有人能老去得如此优雅。

弯弯见到熟人,没有刻意掩饰自己的失落,干脆叹气:"我觉得我活不下去了。"

"为什么?"老爷爷正拿起一个她做的舒芙蕾,静静欣赏。

弯弯极其委屈:"因为追不到唐亦深,我的人生就没有意义了,可我没办法让他产生笨鸡。"

笨鸡?老爷爷蓦地笑了,他拍拍弯弯的脑袋,说:"弯弯放心,他以后不但会有笨鸡,还会有比笨鸡更笨的东西,只要你不放弃。"

"可我要怎么做呢?我又没学好物理,唐亦深不会喜欢我这个'笨鸡'的……"

"你会学好的,别担心。"老爷爷微微一笑,神秘地在弯弯耳边说了几句话。弯弯大受鼓舞,原来物理学博士要这么追啊!

④ 她会幸福

弯弯做了一个梦,她梦见十六岁的时候,她还曾见过一次毡帽先生。

那是她进入高中的第一个学期,她的物理考了二十分,她实在对这个科目提不起兴趣,一听到那些物理名人的名字就头疼,爱因斯坦是谁?她只认识忍者神龟里的爱因斯坦啊。

正在她对着一串鬼画符仰天长叹的时候,老爷爷出现了,看到弯弯对着卷子愁眉苦脸,他弯下腰,柔声道:"哪里不会?"

弯弯愣愣地看着他,然后,他第一次对弯弯做了自我介绍,他说,你好弯弯,我是物理天体学博士,你童话里的男主角。

……

不知什么时候,弯弯打了个瞌睡,醒来就看见唐亦深站在甜点屋里。

他是来还弯弯包的,可她怎么记得自己刚才和老爷爷说话时,包就在手边呢,难道是她记错了?

不过她立刻抓住这个机会,假装脚扭了,缠着唐亦深送她回家!

唐亦深看了她一眼,没有拒绝。

一路上星光璀璨。弯弯心情甜蜜,忍不住看身边的人,此时此刻,她只觉得唐亦深的眼睛比星星还闪耀,她喃喃道:"唐亦深,今天的星星真美丽。"

唐亦深面无表情:"你看的只是恒星反射的光,它们通过大气层折射才会被我们看见,所以你看到的星星……"

"所以我看到的星星并不在我所看到的位置嘛,我早就知道。"弯弯得意一笑。

唐亦深目光一沉,有些奇怪地看着弯弯,似乎有什么事想不明白。

弯弯拽拽他的袖子,小声道:"唐亦深博士,你最喜欢的电视剧是《星际大战》吗?前面的电影院上映了哦,我们一起去看好不好?"

老爷爷告诉过她,只要是物理学博士都喜欢看《星际大战》,唐亦深也一样。

唐亦深看了她良久。

星光之下,弯弯期待的小眼神非常明亮,他忽然觉得,也许产生一点"笨鸡"也没有什么不好的,起码她的舒芙蕾绝对好吃,并且糖分由他说了算。

而且,弯弯也足够努力,这么久以来一直没有放弃过,还把物理学好了，真是神奇。

只是他还是想不通，今天为什么会有这么多巧合？

⑤ 时光旅行者之妻

弯弯最后一次见到毡帽先生，是在她的婚礼上。

准确地说，毡帽先生没有出现，他只是给了她一张贺卡，让她转交给唐亦深。弯弯悄悄打开看过，贺卡上都是一些她看不懂的鬼画符。

唐亦深最近在研究可以穿越时空的虫洞，这些鬼画符倒是和他写得差不多呢，似乎是一些解题的步骤，弯弯并没多想。

婚礼前，弯弯说下辈子还想嫁给唐亦深，因为没有他出现的时候，弯弯过得可辛苦了，七岁的时候走丢过，十二岁的时候发高烧差点儿死掉，十五岁一个人过生日，而且追他还追得那么辛苦！下辈子绝对不能放过他！

唐亦深淡淡然道："在科学上是没有下辈子这种说法的。"

弯弯不开心了，唐亦深看了她一眼，语气终于软下来："弯弯，很遗憾错过你的前半生，如果我能回到过去，我一定会先去与你相遇。"

弯弯嗤之以鼻，她才不相信穿越时空呢！

直到婚礼上，她看到唐亦深戴了一顶他最心爱的毡帽，瞬间愣了。

原来唐亦深就是她童话里的毡帽先生。

她忽然明白过来，为什么她第一眼就会喜欢上唐亦深，冥冥之中，一切皆有安排，正因为他是她的毡帽先生，所以她才会对他如此印象深刻。

最初的最初，最先去找她的人，是唐亦深。

如果有一天你先我离去，那么我会回到曾经和你相遇的过去，在你最需要的时候，在你追不到我的时候，守护你。

难道人长得漂亮，
在生活中就该有特权吗？

美貌租赁师

文 / 水无心
图 / 青玉

① 你为什么偏偏来说我?

周美元有个人见人爱的名字,但人却不像名字那么受欢迎。

夏日的午后,经历了一场瓢泼大雨的洗礼,混杂了雨水味道,让人觉得舒服而清新。

周美元就坐在图书馆第三排靠窗的座位上,边看书边吃饼干,像老鼠一样"咔嚓咔嚓"地啃食。

这不是一个好的习惯,很多人都皱眉看着这一幕,唯有当事人浑然不觉。

有个男生悄无声息地在她旁边坐下,她一扭头,就看见男生正将一张粉色的便笺纸向她推过来。

一瞬间,电视剧、小说中各种被搭讪被表白的情节涌入了周美元的脑海中,她怀着一丝兴奋而羞的心情,打开了对折的字条。

"同学，请不要在图书馆里吃点心。你的饼干屑快把太平洋都填满了。"

彼时，周美元的面前放着一本地图册，在那片占世界面积最大的海洋版块上落着星星点点的黄色饼干屑。

如果，周美元是个内心自信开朗的姑娘的话，那她应该能感觉到其实男生貌似指责的话里，暗含了一丝善意的调侃味道。

可惜，周美元偏偏是个内心敏感而又自卑的姑娘。她猛地从座位上站起来，叉着腰，右手食指指向角落里的一个女生，愤愤不平地说道："又不是只有我一个人吃东西，她也在吃。你为什么偏偏来说我？"

周美元声音太大，惊动了好多埋头看书的人，大家拧眉看着声音的发源者。

被殃及的女孩儿走过来，有些羞涩地笑笑："不好意思，我也违反规定了。我们都不要再吃东西了吧。"

但是周美元却没有顺着别人铺好的台阶下台，她气冲冲地瞪着眼前的一男一女。

其实这两个人，她都认识，是隔壁班的班草和班花——顾宇嘉和凌佳苒。

长久以来，周美元都弄不明白一个问题，难道人长得漂亮，在生活中就该有各式各样的特权吗？

就比如现在，明明两个女生都在吃东西，但她就被人抓出来做了靶子，而凌佳苒温柔认错的样子就获得了大家的好感。

她能听到别人的窃窃私语："自己做错了事，还那么理直气壮，真是奇怪。"也听到了别人对凌佳苒的小声劝慰："佳苒，你也不是故意的，别放在心上。"

周美元越听越气，原本就模糊的五官微微有些错位，显出了一点点狰狞。

最后，她将未吃的饼干放进手袋里，怒气冲冲地跑出了图书馆。

② 美貌租赁师？

周美元有一双八字眉，整张脸很像那个好玩儿的"囧"字。还有人说，周美元的脸，其实就像被人揍了一拳后，五官挤到一起，舒展不开来的样子。

从图书馆跑出来的周美元，不知不觉跑到了一条小河边。她看着河里自己的倒影，自言自语："要是眉毛能扬起来，眼睛再大点，鼻子再挺点，嘴巴再小点就好了。这样，我一定是个大美女。"

"你就那么想变漂亮吗？"周美元被冷不丁冒出来的声音吓了一跳。河边不知什么时候出现了一个坐轮椅的女孩。

"你是谁？"周美元一脸戒备地打量着来人。女孩二十多岁，眉目如画，皮肤很白，近乎透明。她笑了笑，好看的脸就成了一朵洁白的茉莉花。

"我是美貌租赁师。我可以租给你一套美女的五官，让你实现愿望。但相应的，你要为我做一件事。"

美貌租赁师？

周美元从来没听过世上有这种职业。她有些疑惑，但女孩的眼睛充满了真诚。于是，她小心翼翼地问道："那你要我做些什么呢？"

"我想借用一下你的身体，去做一些我想做的事情。"

看见周美元半信半疑的样子，女孩又说道："你放心，我只借用你的身体三个月，三个月后，就还你自由。"

变漂亮这个条件太有诱惑性，所以周美元犹豫半天后，还是选择了跟女孩走。

在女孩的家里，女孩告诉周美元，她叫林晓阳。

林晓阳只是把手放在周美元的额头上停留了一会儿，周美元就觉得眼皮好重，上下眼皮直打架，最后粘在一起，再也分不开。

③ 这下被人嘲笑了吧？

周美元睡了好长好长一觉，她醒来后第一件事就是照镜子。

果然，镜中的自己，眉毛开始上扬，不再是一副耷拉着的苦相。眼睛变大了点，显得更有神采，鼻子像节小竹笋一样嵌在脸上，让人有捏一下的欲望，嘴巴……

脸还是自己的脸，但五官都被调整了一下，那张脸就比原来的要明媚得多。

一个声音在脑海里回响："怎么样，我没骗你吧，你变漂亮了哦！"是林晓阳的声音，但是……

周美元看看林晓阳，她正躺在床上，紧闭双眼，面容安详，仿佛睡着一般。

"不用看了。我的思想意识已经脱离了身体，而且进入了你的身体。所以我们现在共用一个身体。"

借用我的身体，就是这个意思吗？周美元还在思索，却发现自己的胳膊和腿却不受控制地运动了起来。

手臂挥动，双腿迈步。周美元眼睁睁地"看着"自己打开了房门，迎着外面灿烂的阳光跑了起来。

风吹过耳边，像柔柔的绸布滑过耳边。

周美元在心里大叫，停下，停下，但林晓阳显然很兴奋。林晓阳长年被束缚在小小的轮椅上，乍一下获得自由的感觉真好。林晓阳边跑边叫："哇，真棒！跑步的感觉真好，生活真好！"

林晓阳带着周美元的身体到闹市里。她买了一根特大号的粉色棉花糖，边走边舔。

过路的行人经过她时，都含笑侧目地看着她，这个少女的笑容灿烂得像阳光一样，吃棉花糖的样子，又萌又可爱。

可是周美元却恨恨地想，看吧，美女就是不一样，往常她走在街上，哪有人留意她呢？

一声清亮的啼哭声就在这时打断了她的思绪。

原来是一个小男孩手里的氢气球飞走了。看着越升越高的气球，小男孩的哭声越来越大，周美元有些不耐烦了。

好吵！她想捂住耳朵，但手脚却不听使唤地朝小男孩走过去。

"弟弟，不要哭喔！姐姐帮你买新的气球。"林晓阳意识下的周美元看了一下周围，就朝一个卖气球的老伯跑过去。

周美元看着自己掏出一张百元大钞，递给老伯，然后又接过那一大串的气球。

那一串气球里，有熊大、熊二、喜羊羊、海绵宝宝等各种卡通人物，还有心形、星星、月亮等各种图案。

那些注满氢气的气球个个奋力想要挣脱，周美元握着那一大串气球，奋力想要拽住它们，但落在别人的眼里，却像是要被那一大串的气球带上天一样，很狼狈，但，也很可爱。

或许是她的举动太好玩儿了，原本还在哭闹的孩子竟然破涕为笑，脸上还挂着泪痕，鼻子下还流着两道鼻涕，但眼睛却弯弯的，嘴巴也咧开了。

他指着周美元喊着："姐姐好搞笑。"

周美元在心里暗暗责怪林晓阳的多事，这下被人嘲笑了吧？

突然间，一只手伸了过来，帮她拽住了那些不受控制的气球。

④ 更重要的是，她变漂亮了。

周美元怎么都没想到，会在这里看见顾宇嘉，还让他看见了自己很狼狈的一面。她想转身就走,却迈不了腿。

林晓阳已经借着她的身体展开了笑靥,还热情地跟顾宇嘉道了谢:"谢谢你啊!"

顾宇嘉笑笑,并不答话,只是看着周美元将一个个氢气球分发给在场的小朋友们。

路两边有很多卖玩具的小摊。那天下午,林晓阳不但没有按周美元希望的那样赶紧离开,竟然还兴致勃勃地跟小孩子们一起吹起了泡泡。

她跟小孩子们比赛,看谁吹的泡泡最大。一个又一个美丽的肥皂泡飘到半空,像是一个又一个美丽的微笑,空气里充满了欢声笑语。

而顾宇嘉的视线一直在跟着周美元,这个女生是自己隔壁班的,在学校总是时不时地会看见她,平时她总是阴着一张脸,独来独往。

但是,他今天觉得,待在小朋友中间的她,周身好像都笼罩着一层光芒,看起来美极了。

这一天的时光,就这样被消耗殆尽。晚上,回到住处的周美元,觉得浑身酸痛,但心里却充满了无言的兴奋。

下午跟顾宇嘉分开的时候,他热情地跟她说,周末,学生会要举行一次野炊活动,他希望她能来参加。

林晓阳毫不犹豫地就替她答应了。

虽然还在为上次图书馆的事生气,但是看见人见人爱的优秀男生向自己示好,周美元觉得很满足。

当时跟林晓阳的约定是,白天的时候,由林晓阳来控制自己的身体。晚上的时候则归还给周美元。

周美元不由自主地站到了镜子前,镜子里的自己,皮肤白皙,四肢纤长,姿态美好优雅。

想想明天到学校后,大家吃惊的眼神,周美元的嘴角不由自主地弯了起来。

跟自己不同，林晓阳是一个热情开朗的女生，在学校，她热情地跟每一个同学打招呼，主动跟自己冷战已久的同桌表示和解。周末的野炊上，她用自己的身体麻利地跟大家一起铺桌布、做饭、炒菜。

关于周美元的一些评论在校园传了开来，大家都说，周美元变了，不再老是揪着一张脸了，她变得热情了、开朗了，更重要的是，她变漂亮了。

⑤ 你可以报警啊！

愉快的一个星期过去后，林晓阳对周美元说，是她该履行合约的时候了。

白天的时候，林晓阳用周美元的身体在家里翻出了一张报纸。

那上面用蓝色水笔标注着一则新闻：半年前，一条名叫幸福路的街道上的一个下水道的井盖被人偷了，有一个女孩夜里走路时，不小心掉进了井里面，被地下水冲走了。被找到的时候，女孩早已停止了呼吸。

可是，周美元不明白，这个去世的女孩跟林晓阳有什么关系呢？她是林晓阳的亲人吗？

这时，林晓阳说了一句石破天惊的话："那个偷井盖的人，是我弟弟。"

林晓阳说，因为从小就没了父母，自己一直跟弟弟相依为命。所以她一直都很纵容自己的弟弟，弟弟要什么，她就给他什么，所以养成了弟弟无法无天的个性。

弟弟十八岁生日的时候，对她提出不考大学了，要去做模特。

但是他的梦想被林晓阳拒绝了，因为家里根本没有足够的钱让弟弟参加模特培训。但是让林晓阳万万没想到的是，弟弟竟然瞒着她从大学里退了学，在一个月黑风高的晚上，撬走了下水道的井盖，想要卖井盖来凑够自己的培训费用。

这个真相让周美元唏嘘不已。

林晓阳继续说着:"我想亲手抓住我弟弟,带他去自首。可是,我的双腿在几年前便不能走路。我只有借用别人的身体,才能完成这个愿望。"

"为什么要亲自抓呢,你可以报警啊!"

"这是合约,你必须要遵守!"周美元不再吭声了。

一连几天,放学后,周美元都在一个叫浅苍街的地方来回转悠。

浅苍街是一条被废弃准备重建的街道。住户们大多都搬走了,因此人烟稀少,荒凉偏僻。周美元每次被林晓阳的意识带到这儿来的时候,都有点胆战心惊。

但是林晓阳却笃定,她的弟弟就在这个地方隐藏着,这是她请人多方查探得出来的确切消息。她们在浅苍街守株待兔了一个星期之后,机会终于来了。

那一天,周美元的意识还在百无聊赖地涣散着,但身体却不由自主地开始奔跑。她看见,林晓阳的目标是一个穿着T恤牛仔裤的年轻人,那个男生长相极为英俊,一头金色头发在阳光下显得特别扎眼。

周美元看见自己的身体跑过去,拦在黄毛的面前:"跟我回去。你要去警察局自首。"

黄毛莫名奇妙地看着周美元:"你神经啊?"

林晓阳借周美元的嘴喊道:"你偷了下水道的井盖,害一个女孩没了生命,难道就这样算了吗?"

黄毛的身体明显哆嗦了一下,紧接着,推了周美元一把:"你胡说什么呢?"他拔腿就想跑,但是却被死死地抓住了胳膊。

"你去自首吧!姐会等你出来的!"不知道什么时候,周美元觉得自己的眼睛已经流出了眼泪。

她感到黄毛的拳头一下又一下地砸在了自己的身体上,她感觉不到痛，但自己的嘴唇咬出了血，看来林晓阳在艰难地承受着巨痛。

黄毛恼羞成怒，一下将周美元的身体推倒在地上，狠狠地掐住了她的脖子。

真正的周美元看着眼前的一幕，惊呆了。

她不知道该怎么办，实际上她什么也做不了，现在是林晓阳在控制她的身体。

蓦地，周美元瞬间感到全身疼痛，脖子被掐住了，快要喘不过气来。她本能地就去抓黄毛的手。

自己的意识回来了，那林晓阳呢？她失去了意识，是被掐晕了吗？

周美元用力地掰着黄毛的手，她吃力地挤出几个字："放开我！救、救命啊！"

意识越来越涣散，周美元觉得，自己的灵魂马上就要出窍了，难道自己真的要死在这里吗？

模模糊糊间，她看到，有个人举着棍子，在黄毛后面狠狠地打了一下。黄毛晃了晃，倒了下去。

周美元觉得自己的脖子一下子轻松了，她狼狈地从地上站起来，不停地咳嗽着，瞟了一下来人，竟是顾宇嘉。

"你怎么会在这儿？"

"我以前住这里，刚搬到新区去。我爸让我回来拿些东西过去。还说我呢，你一个女孩子怎么会来这么偏僻的地方？"

周美元来不及解释，只是指了指地上的黄毛说道："快，快报警，这个是坏人。"

第二天，周美元和顾宇嘉勇斗歹徒的事很快就传遍了学校，报纸也刊登了这件事。

周美元死死地盯着报纸上跟顾宇嘉站在一起的自己，脸色苍白。

今天，林晓阳没有占据她的身体。下课铃一响，周美元连假也没请就跑回了家。

家里的穿衣镜前，周美元对比着镜中的自己和报纸上的自己。

镜子里的自己，白皮肤，柳叶眉，大眼睛，挺鼻梁，小嘴巴，是张标准的美人脸。

而报纸上的自己，黄皮肤，八字眉，小眼睛，塌鼻梁，大嘴巴，跟过去一般无二。

⑥ 原来是自己一直想错了。

周美元气喘吁吁地跑到林晓阳的家里。

林晓阳仍然昏迷着，周美元刚一碰到她的身体，就昏了过去。再次醒来后，周美元立即跳下床，去照镜子。

果然，镜子里的自己，已经没有了那张美人脸，过去那张五官舒展不开的模样正一脸惊诧地跟她对视。

"重新看见以前的样子，你很失望吗？"林晓阳摇着轮椅来到她身边。

周美元疑惑极了："这一切是怎么回事？难道只有我自己觉得变漂亮了，在别人眼里我还是以前的样子吗？"

林晓阳点点头，说道："是的。我不是什么美貌租赁师，我真实的身份是思维转换师。思维转换师是一个不为人所知的地下职业。我们的工作，就是在人们产生邪念，或者产生做坏事的念头时，进入他们身体，阻止他们的恶行。被挑选出来做思维转换师的人，都有一种天生的能力，就是能接受到人们产生恶念时发出的电磁波，而且必须是心地善良，有正义感，感情丰富的人。

"身为一个姐姐，我没能教育好弟弟，让他产生了邪念。身为一个思维转换师，我忽略了自己的弟弟，没能及时阻止他的邪念。这件事一直是我的心结，所以我不报警，只有我亲自抓到，内心的愧疚才能解脱一点。"

　　林晓阳停顿了一下："那天，我在河边看风景。无意中感受到了你内心一个恶狠狠的念头。你说，让顾宇嘉、凌佳苒都去死吧。凭着这个电磁波我找到了你，也感受到了你要变漂亮的愿望。我发现，你的身体很健康，是我一直在寻找的身体。我想，如果借用你的身体，不但能完成我的心愿，还能让你正确认识自己，何乐而不为呢？

　　"我只是在你的意识里弄了一些微妙的障眼法，你每次照镜子，看到的都是你希望中的样子。"

　　周美元沮丧地低下了头，却听林晓阳继续说道："别失望小姑娘。你仔细想一想，这些天，大家对你的变化，真的是因为你变漂亮了吗？漂亮并不意味着一切，我弟弟很帅，但却是一个人人都唾弃的人。"

　　从林晓阳那里出来，周美元有些失魂落魄。她像一只孤魂野鬼一样，飘向自己的家，却在家门口，看见顾宇嘉。

　　看见周美元，他的眼睛里迸出一丝惊喜。

　　"你怎么来了？"

　　"你昨天早退，今天又没来上课，我就来看看你，是不是发生了什么事。但是敲了好久，都没人开门。"

　　"我父母出差了，家里没人。"周美元犹豫了一下，问了一个困扰很久的问题，"顾宇嘉，那次图书馆事件，为什么我和凌佳苒都在吃东西，你单单就抓住了我？是因为她比我漂亮吗？"

　　顾宇嘉一愣，随即笑了："你想到哪儿去了。那次批评你，是因为你吃东西发出'咔嚓咔嚓'的声音，的确影响到别人看书了。但是，凌佳苒吃怪味豆是为了看书提神。她把怪味豆含在嘴里，不去咬，只是让它慢慢融化，没影响别人，所以大家都没意见。"

　　原来真相竟然是这样，原来是自己一直想错了。

　　顾宇嘉又说："美元，大家都觉得你最近变化很大。以前的你，孤僻、冷漠、尖酸,所以大家不大想跟你接触。可是现在的你又开朗又热情,还很乐于助人,大家都很喜欢你现在的样子呢!"

原来是这样啊。

大家以前讨厌自己不是因为自己丑,而是因为自己性格不好啊!周美元释然了。

回到家后,她再次打量镜中的自己,竟然觉得自己这模糊的脸也蛮有味道的。于是,她冲着自己的脸,甜甜地笑了!

这一次,
却再也没有人懒洋洋地喊他"笨蛋"了。

怒摔！人家穿越我穿针

文 / 墨衣清绝
图 /Cain 酱

① 你怎么变成了一根针？

"咦，最近几天播音员换人了吗？我记得前几天还是个妹子，声音还怪好听的。"

"哎，你没说我还真没注意到，对了，阿弦可喜欢以前那个妹子了，是吧。"

话题转向自己，刚套上外衣的贺弦含含糊糊地应了声，心不在焉地把手放进外衣口袋，指尖传来的一阵刺痛让他不由得低呼了一声。

下一刻，他把口袋里的罪魁祸首掏了出来，发现竟然是一根针。这是一根很普通的针，针眼还穿着一截线，可贺弦却怎么也想不起自己什么时候把它放进口袋的。

他还在竭力回忆的时候，旁边的室友高杰扭过头关切地问道："阿弦，怎么了？"

贺弦刚准备说话，一个细细弱弱的声音忽然传入耳中："笨蛋！不准乱说话！"

隐约透着熟悉的声音让他顿时心跳如鼓，强作镇定地说道："没事。"

"刚才……我好像听到什么声音了？"室友一脸怪异地朝着贺弦的方向望了几眼，惊疑不定地嘀咕道。

贺弦适时露出一脸茫然："你听错了吧？"

"大概吧。"大概贺弦平时老实人的形象早已在室友们心里根深蒂固，高杰没有再怀疑，就拎起书包和其他人一起嘻嘻哈哈出门了。

贺弦这才重新把注意力投到了手里那根针上，翻来覆去地看了一小会儿，却没再听到什么声音，几乎怀疑刚才自己也产生了幻觉。

就在他打算放弃的时候，那个细小的声音忽然又响起了："你是理科A班那个贺什么来着吧，我叫林臻。"

"贺弦。你说……你是林臻？"贺弦的眼底闪过奇异的光芒，然后把针小心翼翼地放到眼前打量了半天——当然，他完全不可能从这根针身上看出诸如眼睛鼻子之类的存在，这让他觉得现在的自己蠢极了。

"你也听过我名字？"对方的声音似乎有些得意，不过那得意的情绪也不过持续了短短数秒，随即她命令道，"这个姿势不舒服，快把我放下来。"

"哦，哦，好。"贺弦似乎这才回过神来，颇有几分手忙脚乱地把针放在了柔软的床上。

针没有再说话，不过身上穿着的线懒洋洋地晃了晃，一副满足的模样。

"你……真是林臻？"贺弦小心翼翼地伸出指尖戳了她一下。

针用线不满地"拍"了他一下："笨蛋，你别动手动脚的！我当然是林臻！"

从那熟悉的声音来看，贺弦终于确定了对方正是那个自己很喜欢的学校播音员，可是，目前的一切完全超出了他的理解范围："你怎么……变成这样了？"

针，或者说林臻语气烦躁地说道："笨蛋，我要是知道早变回去了！"

她似乎把"笨蛋"当成了口头禅，贺弦也不在意："那现在怎么办？"

林臻自己也拿不定主意，想了几分钟后，不容置疑地说道："现在……先送我回家。"

② 你刚才扎我的部位，是你的头还是……

说来也巧，林臻的家就在贺弦家附近的小区，他放学时偶尔会路过，却不知道她住得离他这么近。

在林臻的遥控指挥下，贺弦顺利地找到了林臻的家，按下了门铃。

在门打开前，他考虑过很多种可能——也许，林臻的家人正因为联系不上她而急得团团转，也许，此时家里压根没人，都出去找人了。

然而，在门打开的那一刻，他所有的念头都消失得一干二净。

开门的是一个年轻的女人，和他记忆中的林臻有着七分相似，想来应该就是她的妈妈。

可是……

贺弦看着面色如常的年轻女人，不由自主地皱起了眉，试探性地问："我是林臻的同学，请问……"

女人微笑："是小臻的同学啊，她现在应该在学校呢。"

贺弦闻言眉头皱得更紧。

可是……他情不自禁往她身后瞟了一眼，分明听到里面传来了一阵欢声笑语。

见他往门里望去，大概认为是好奇，女人笑着说道："今天是小臻姐姐的生日，这孩子回就回来吧，还买了……"

女人絮絮叨叨却明显带着疼爱的声音传入耳中，心思完全落在了所谓"小臻姐姐"身上，压根不知道另一个女儿出事了。

贺弦心里不由得有些不平："可是林臻她……"包裹着林臻的手蓦地一阵警告性的刺痛，他不情愿地把剩下的半截话咽了回去，心不在焉地和林臻的妈妈告了别。

回学校的路上，一向叽叽喳喳的林臻一直没有说话，贺弦本来就不擅言辞，这时候更是不知道怎么安慰她，只能陪着她一起沉默。

最后还是林臻先闷闷不乐地开了口："姐姐从小就比我出色，不但学习优秀，还长得很漂亮，无论是爸妈还是其他的亲人朋友都更喜欢她……"贺弦明显地感觉到，自从回了一趟家后，她的情绪一下子低落了下来。

"妈妈眼里从来没有我……"

"我最讨厌她了……"

"要是我没有姐姐该多好……"

她明显是在说气话，贺弦便也不放在心里，只安静地当一个倾听者。

刚才还在胡言乱语的林臻顿了顿，忽然话锋一转："可是……大概所有的人都更喜欢姐姐那样……"

听到这句话，一直沉默着的贺弦冷不丁说道："没有，我觉得你很好。"

"真的？"

虽然看不到她现在的样子，不过想来她一定是"眼睛一亮"，贺弦微笑了起来，肯定地说道："真的，你很好。"

"我当然很好！"林臻似乎一下子振奋了，想了想，她又得意了起来，"我还收到过情书呢。"

贺弦的话一下子戛然而止，半晌才慢吞吞地开口："……情书？"

"是啊是啊，字看起来还挺漂亮呢……"把他语气中的古怪情绪解读为质疑，林臻虽觉不快，却依旧兴致勃勃地说道，充满幻想地猜测着，"不知道写信的人会不会是……"

"……大概是个暗恋你的猥琐男吧。"听着她漫无边际的猜测，贺弦沉默了一下，干巴巴地说道。

"你才被猥琐男喜欢！"林臻气得狠狠地扎了他一下。

她大概是气急了，用力不小，贺弦却似乎有了习惯的趋势，眉毛都没动一下。似乎想到了什么，他脸红了红，略一迟疑后还是忍不住小声问道："你刚才扎我的部位，是你的头还是……"

迎接他的是林臻的尖叫和一阵毫不留情的猛戳："我是用脚踢你！你想哪里去了？！"

贺弦低低地倒吸了口气，把被戳出好几颗血珠子的手放在眼前看了看，忍不住为自己辩解："可是，我真的分不清你现在哪部分是什么部位啊……你的那根线是什么部位？"

"这是我的头发！"林臻扬扬得意地用"头发"缠住了他的食指，还顽皮地在他指腹挠了挠。

贺弦忍不住用拇指指腹蹭了一下那根小小的"头发"，嘴角的弧度柔和了下来："我明天去问问你现在身体的情况，今天你先暂时住在我们寝室，好吗？"

林臻没说话。
没有得到林臻的回答，贺弦有些局促不安："如果你不愿意的话，我……"
"没说不愿意啊，我刚才在发呆。"林臻挠了挠他的指腹，懒洋洋地说道。
贺弦不禁浅浅地笑了起来。

比起同寝室其他几人的位置，贺弦的床铺绝对算得上是干净整洁了。
尽管如此，他还是有些不自在，一边竭力抚平床单上的每一条细微的褶皱，一边低声安抚林臻，似乎生怕她生气一般。

满意地在他的服侍下占据了枕头最柔软的一部分，林臻懒洋洋地打了个滚。
其实，他还挺温柔的……就是好像有点儿傻乎乎的。临入梦前，林臻迷迷糊糊地想着，然后把自己的"头发"缠在了贺弦的手指上，声音软软糯糯的："晚安，笨蛋。"

贺弦以一个别扭的姿势把手放在头一侧，确保不会压到她后，嘴角微弯，轻声回道："晚安。"

③ 你那么喜欢针，我赔你一盒成吗？

"阿弦阿弦！我袜子破了，借下你的针！哎哎哎，你放哪儿去了？"一大清早，就有一个扰人清梦的声音在贺弦耳边响起，迷迷糊糊中，他觉得有人掰开自己的手指，还嘀咕着，"怎么捏着针睡，多危险啊。"

针？

下一刻，贺弦就如同被迎头泼了冷水一般瞬间清醒了过来，蓦然睁开眼睛的那一刻，恰好看到高杰似乎受痛一般把什么东西甩了出去，口中还骂骂咧咧地道："什么鬼东西！"

"你干什么？！"对他的抱怨声充耳不闻，贺弦只觉得自己浑身的血液一瞬间仿佛都凝固了，声音也无意识地变大。

对方被他的反应吓了一跳，连对着疼痛的手吹气的动作都停了下来，只一脸茫然地看着他："阿弦，你怎么了？"

然而贺弦却没有回答他，已经飞快地下了床在地上找了起来，最终，他在门缝处找到了林臻。他赶紧把她捡了起来，仔细地打量着针身上没有落下什么痕迹才稍稍放心。然而下一秒，这口气又提了上来——尽管被这样重重地一砸，林臻却没有发出丝毫声音，就好像……

想到这里，贺弦的手指不禁微微颤抖，心也重重沉下，恐慌的情绪在心底渐渐蔓延开来。

忽然，他觉得指腹有些痒，定睛一看，却是林臻懒洋洋地挠了挠他，

-225-

迷迷糊糊地说道:"笨蛋,你的手干吗老抖,我都睡不着了……"

贺弦只觉心里的一块石头终于落地,大大地松了口气,小心地把她握在了手里。

然后一扭头,贺弦却见高杰惊恐万分地缩在墙角,一副要哭了的样子。见贺弦看着自己,高杰战战兢兢地说道:"我、我也不知道你那么喜欢针啊……你喜欢的话,回、回头,我……我赔你一盒成吗?"

④ 被妈妈送进了医院?

两人原本的计划并没能成功——

两人,或者说是一人一针来到林臻所在的女生寝室楼下,才发现了迎接他们的最大阻碍——宿管阿姨。

宿管阿姨如同杀毒软件一样,把所有"贼眉鼠眼"的男生通通毫不留情地拦在了宿舍楼门口。

贺弦带着林臻在宿管阿姨的冷眼中踌躇徘徊了好一会儿,眼见天色渐晚,不得不硬着头皮上前。他刚挤出一个笑脸,宿管阿姨就冷眼一扫,厉声说道:"站住!"

几个准备上楼的女生也嬉笑着纷纷注目,贺弦假装没看到,连忙摆出一副老实的样子。

大概是他的样子很有欺骗性,宿管阿姨的脸色竟然缓和了很多。
贺弦赶紧再接再厉:"我表妹这几天都没来上课,所以……"

正在他绞尽脑汁地胡编乱造的时候,宿管阿姨冷不丁打断了他的话。
"名字?"

"……什么？"

宿管阿姨不耐烦地又重复了一遍，贺弦才反应过来："哦，那个，她叫林臻。"

宿管阿姨听到这个名字，仿佛想起了什么一般："咦，这个小姑娘我记得，在寝室里发高烧，睡了好几天也没被室友发现，还是她妈妈来看她时发现的。可怜的，她妈带走她时哭得可伤心了，还差点儿和她室友吵起来了……"

贺弦闻言一怔，似乎感觉到手心里的林臻也颤了颤。

刚走出人群范围，林臻就低低地喃喃，情绪复杂："我一直以为……她只关心姐姐……"

"听到她为我哭了，我难过的同时，居然还觉得有点儿开心……这样想的我是不是很坏？"

"不会。"贺弦安静地说道。

林臻似乎只是自言自语，并没有期待他的回答，结束了一番语无伦次的话后，她沉默了一会儿，口中忽然冒出了一句话。

"我想妈妈了。"

贺弦沉默地捏着她，假装没有听到她声音中隐约的哽咽。

⑤ 好像知道自己为什么会变成一根针了

找到林臻所在的病房并没有花费太多的时间，然而当贺弦走到病房门口时，却不禁驻足——

病房里林臻躺在床上输液，面色苍白一动不动，像个易碎的白瓷娃娃。林臻的妈妈守在她的床边，比起上次见到感觉几天之间老了十几岁，面容憔悴很是狼狈。她的身旁还坐着一个女孩，长相和林臻有着三分相似，大概就是她的姐姐。母女两人都红肿着眼睛，时不时伸手拭去流出的泪水，神情担忧地看着脸色苍白的林臻，甚至一时没有注意到贺弦的出现。

还是林臻妈妈不经意地抬起头，这才发现站在门口神情有些尴尬的贺弦。

她强打起精神站了起来："你是上次来找小臻的那个同学吧？小臻她……"说到这里，她脸上又浮起哀色。林臻的姐姐连忙起身扶住了她，同时客气地招呼贺弦坐下。

贺弦犹豫地坐下，林臻妈妈向他哭诉着林臻的经历，抱怨自己的疏忽，她的手一遍又一遍轻轻地抚摸着床上林臻没有血色的脸。

贺弦听着不知如何开口，一只手放在口袋里，也不自觉在抚摸着里面轻轻颤抖着的针。眼神不自觉看向林臻妈妈的那双手，上面一道肉色翻出、狰狞的疤很是显眼，心里有些惊讶又有些惋惜。

如果没有这道疤痕，这只手一定很美。

仿佛猜到了贺弦的想法，口袋里的林臻抖动得越发厉害。

脑海中，那段在她刻意之下尘封已久的回忆，渐渐席卷而来……

"我要玩，给我。"

"这是我的，你自己也有啊。"

两个七八岁左右的小女孩争夺着一只熊娃娃。

她有一只小狗娃娃却总觉得姐姐的熊娃娃比较好看。两个小女孩谁都不愿意放手,"刺啦"一声,熊娃娃的耳朵被扯破,里面的棉花飘满一地。姐姐放声大哭跑出屋外找妈妈。

事后,妈妈狠狠责备了自己。耳边充斥着妈妈的骂声和姐姐的哭声,那一刻,林臻心中的怨恨越积越多。

妈妈坐在沙发上拿出针线想给姐姐缝补熊娃娃,林臻冲上前去争夺妈妈手中的针线。怎么可以让姐姐的熊娃娃补好呢?自己这么难受,姐姐怎么可以开心?我不能玩的,姐姐也不能玩,一定不能让妈妈补好熊娃娃。

越想林臻争夺得越用力,猛地一推,妈妈撞向茶几后跌在地上,而从茶几上掉落的剪刀扎向了母亲的手。母亲痛得大叫,手里不断冒出鲜血流了一地。姐姐和爸爸听到声响从房间里冲出,慌乱地询问、尖叫、奔走。

他们问了自己什么、骂了自己什么、拉扯了自己什么,林臻都不记得,她只记得她坐在血泊中一动不动。

而这件事后,林臻觉得自己和家人越来越疏远,觉得妈妈不再爱自己,姐姐和自己之间有隔阂。

这件事如同一根刺一样牢牢地扎在心里,让她无论如何也无法释怀。这一刻,她好像知道自己为什么会变成一根针了。

贺弦忽然觉得,手心被微微润湿。他猜到了什么,却什么也没说。

⑥ 这一次再也没有人喊他笨蛋了

离开了医院,贺弦轻车熟路地走到了林臻家门口,并且在她的指点

—229—

下从地毯下翻出了备用的钥匙，打开了门。

此时，林臻的姐姐和妈妈都在医院，家中空无一人。

那个记忆里的破旧熊娃娃被收在了杂物室的高架上，破了一只耳朵，上面还有些许血迹。

贺弦也看到了那个熊娃娃，林臻没有开口，他却仿佛预感到了什么一般，鬼使神差地拿出林臻，把她轻轻放在了熊娃娃上。

林臻在熊娃娃身上穿行着，修补着熊娃娃身上那些经年的伤痕，同时，也是修补着横亘在她和姐姐、妈妈之间心灵上的伤痕。

不知道过了多久，终于，林臻身上的线到了尽头，而这个让她耿耿于怀了多年的熊娃娃也缝好了。

虽然它看起来依旧那样破旧，可是看在林臻眼中，却又仿佛是一个崭新的开始。

缝好了熊娃娃，林臻似是筋疲力尽一般掉落在了地上，发出清脆的声音。

贺弦一愣，连忙蹲下身捡起了闪烁着冰冷金属光泽的针，毫无顾忌地用衣袖擦去它表面的污渍，试探性地开口：

"林臻？"

然而，却没有人回应他。

贺弦呆了半晌，脸上的笑意渐渐凝固，再次开口，声音却轻了很多，带着微微的颤抖。

"林……臻？"

这一次，却再也没有人懒洋洋地喊他"笨蛋"了。

⑦ 其实那封情书是你写给我的吧

"嘿,阿弦,这几天怎么一副死气沉沉的样子,对生活有点儿激情嘛!哎哎,快看,那妹子真漂亮!"

下一秒,高杰就目瞪口呆地看着那个一向老实木讷的室友飞快地冲到了对方面前,似乎还和那女生搭讪了起来。

好一会儿,高杰才如梦初醒般伸出手合上不知什么时候掉落的下巴,若有所思地嘀咕道:"哟,看来我还看走眼了……这家伙哪里老实了?"

贺弦慢慢调整着呼吸频率,看着面前那张笑眯眯的脸,只觉紧张得心跳都不由得快了几分。然而或许是近乡情怯的缘故,他盯着少女发了几秒呆,才讷讷出声:"……林臻。"

"哈?你认识我吗?你是……"林臻停步,歪了歪头,眸子里流露出的全然是陌生。

贺弦听到这个意料之外的答案不由得一愣,心里渐渐泛起了苦涩:"这几天好像没看……听到你播音。"

"生病了,回家休息了几天。"林臻不在意地耸了耸肩,脸上并没有什么异样。

贺弦眸子彻底暗淡了下来,想说什么,又觉得那已经不重要了。他勉强地扯了扯嘴角:"那……你好好养病吧。"说完,他失魂落魄地转身打算离开。

却忽然间感觉自己的袖子被什么扯住了,与此同时,一个懒洋洋的声音响起:"这么好骗哪,笨蛋。"

他惊喜地回过头,却见少女眸子里盈满了促狭的笑意:"其实,我早就猜到了……那封情书是你写给我的吧?"

贺弦的脸一下子红了。

他从来都不想衣锦锦喜欢别人,
他原来一直喜欢着她。

千年老二很不爽

文/葱白
图/泷羽×泷烨

① 女王驾到

"砰"的一声闷响,杜头儿终于支撑不住趴在了地上。"快走!"他从牙缝里挤出这句话。

没想到会在这儿遇到雪魅兽,连交手都没开始,方圆数里已尸横遍野。杜头儿心中惨然:只怕一把老骨头要交待在这儿了。

雪魅兽狂性大发,向他们扑来。杜头儿绝望地闭眼,突然雪魅兽的咆哮变成凄厉的惨叫,划破黑夜。

杜头儿睁开眼,雪魅兽不知何时已倒在地上。而雪魅兽身上,一个女人傲然而立,面容冷艳,目若寒星,她手中短刀上的血顺着刀尖流下。

在看到女人那一袭蓝发后,杜头儿大惊:"衣锦锦!"

女人瞅了杜头儿一眼,眼神冷若冰霜,还不等众人反应,就几个跳跃,消失在茫茫夜色中。

队里的人扶起杜头儿，新来的看不惯众人唯唯诺诺的样子，嚷道："头儿，那谁？"

杜头儿面色沉重，道："暗杀女王……衣锦锦！"

众人倒吸了口气，如果说雪魅兽是一场可怕噩梦，那衣锦锦简直是从未醒来的噩梦……

"新一季排行榜出来了！"公会大堂里，所有人都拥挤在告示板前。

"唉，第一果然还是衣锦锦。"排行榜上，衣锦锦以超过十万的积分高居榜首，直甩后面的人几条街。

"都给爷闪开！"突然，有道蛮横的声音传来。众人一愣，自觉分开。

中间的过道上，夜罗大摇大摆走着，一头银发很是扎眼。他走到告示板前，只看了一眼小脸就黑了。

第二，又是第二！

有人忍不住偷笑。

这位夜罗少爷正是暗杀家族老大的独子，本事不大，脾气倒不小。只是偏偏遇到衣锦锦，让他做足了千年老二。公会的人私下给他取了个外号——二爷。

夜罗冷着脸，眼刀甩向四周，众人脊背一凉，立即噤声。只可惜，还有找死的。

"哈哈哈，夜罗，你又是第二！"雷诺扶着桌子，笑得肠子都快打结了。

夜罗眼睛危险地眯起，脸上却笑嘻嘻，他走到雷诺身边，拿起一杯水就泼在了雷诺脸上。

雷诺眨巴眨巴眼，大叫一声就要和夜罗拼命。

夜罗撸上袖子，说道："雷小三儿，你好意思叫爷老二？万年当三儿的命，还不是在小爷脚底下！"

雷诺抄凳子，说道："三儿也比二好！"

众人齐扶额，这俩冤家又打起来了。于是，大家蜂拥而上，你抱一个我拉一个地要把这两人拖走。

奈何这两只都是混世魔王，一个就能鸡飞狗跳，何况是一双。两人还没开打呢，周围的人先被搞伤了一片。

恰逢此时，一声清喝响起："住手！"

众人星星眼，有人喊道："女王！"

大堂中央，衣锦锦如天兵降临，一手一只就将夜罗和雷诺拎了起来。

一见衣锦锦，雷诺立马八爪鱼般趴上去，一脸委屈："苏苏，那厮拿水泼我，要是热水，我这脸可就毁了。"

衣锦锦嘴角抽搐，另一边，夜罗还在张牙舞爪："三儿，别以为有衣锦锦我就不敢揍你，照样一起揍！"

衣锦锦挑眉。只听"嘭嘭"两下，十秒后，夜罗和雷诺一起躺在了公会门口。

② 女王岂能被勾搭

"夜罗，你让我去勾搭衣锦锦？！"雷诺瞪大眼，一脸的不可置信。

夜罗一脸阴险："对，让她没空接任务，然后我反超！"

雷诺不乐意地说道："虽说小爷我颠倒众生，但你这脸也还凑合，干吗不自己去？"

夜罗不屑："我最讨厌的就是衣锦锦，怎么可能去勾搭她！"

雷诺奸笑："你不会是有心理阴影了吧。"上次，夜罗追求隔壁公会的雨诺姑娘，他在人家窗台下唱了一宿的情歌，本以为妹子害羞不见人，结果第二天雨诺姑娘从外面回来，说了句："对不起，昨晚我没在家……"夜罗顿时迎风石化，雷诺瞬间笑趴。

雷诺摸头："情场失意乃人生常事，我们只有看开，才能迎接下一次的失败。"

夜罗飞起一脚："喊，爷这么高冷怎么可能勾搭妹子！说，做不做！"

雷诺摸摸下巴："一百金。"

夜罗咬牙："成交！"

全公会的人都知道了雷诺喜欢衣锦锦。

论外表，衣锦锦绝对在公会里名列前茅，一米七的身高，身材匀称，最醒目的是一头及腰蓝色海藻长发，分外美丽。但是因为她太优秀了，没人敢追她，所以突然出来一条如此爆炸性的新闻，大家都很惊讶。

但是……

"我说，衣锦锦喜欢蓝色的玫瑰，不是红色的！"

"还有，衣锦锦喜欢穿白色衣服，不是花的！"

"另外，你怎么这么没精神？"

雷诺满头黑线地瞧着夜罗：夜罗手捧蓝色的玫瑰，一身洁白的西装，一副精神抖擞的样子。雷诺弱弱地说了声："二爷，你确定喜欢衣锦锦的是我吗？"

夜罗一愣，随后，从脖子开始，红色蔓延了整张脸。他像被踩了尾巴的猫，扯着嗓子："我还不是怕你没准备好，赶紧给爷把衣服换下来！"说着，他就去脱雷诺的衣服。

雷诺紧紧护住胸，喊道："不要非礼我！"

夜罗手上动作不停，大叫道："快脱！"

于是，当衣锦锦来的时候，她看到的就是夜罗扒雷诺衣服的场景。

"哟……感情很好嘛。"衣锦锦冷笑，三秒钟后，夜罗和雷诺头上起了个大包。

"你半夜叫我来就是为了看这个？"衣锦锦叉腰，眉头挑高，眼神如刀子般雪亮。

"误会误会。"夜罗整了整衣服，拿起捧花，突然单膝跪地，道，"衣锦锦，雷诺喜欢你。"

"哈？"衣锦锦看看跪在地上的夜罗，再看看站在一旁的雷诺，终于忍无可忍，抬腿一脚，把夜罗踹了出去。

于是，对于雷诺喜欢衣锦锦这件事，又出现了新剧情。据说是夜罗喜欢雷诺，偏偏雷诺中意的是衣锦锦，于是夜罗来搞乱，结果被衣锦锦踹了。

众人一琢磨,甚是有理。

夜罗怒,歪理!

③ 女王驯宠记

"衣锦锦。"夜罗端着饭,破天荒和衣锦锦一起吃饭。

他从暗杀学校的古河老师那儿知道个秘方,能让衣锦锦喜欢上别人,只是需要她的一滴血。

血还不好办吗,吃饭的时候让她不小心出点儿什么状况就行了,夜罗奸笑。

夜罗凑到衣锦锦身边:"衣锦锦,咱俩的牛排看着不一样,来,换着尝尝。"不等衣锦锦答话,夜罗就将刀子往衣锦锦手上刺去。

衣锦锦眼也不抬,却手指一转。刀子便贴着夜罗的手腕划过,接着就是刀子入肉的声音。夜罗手停在半空,眼角抽搐。看着盘子里被切成两半的牛排,手腕一阵发凉。

第一回合,夜罗败。

夜里,夜罗翻进衣锦锦房间,攥紧手里的小刀,悄悄靠近熟睡中的衣锦锦。

夜罗挪啊挪,挪啊挪,挪到衣锦锦身边,手中的小刀泛着亮光,他狞笑:"这次一定能行!"然而还不等他出手,就一阵天翻地覆。

等他回过神来,发现自己已被衣锦锦压在身下,刀就抵在自己脖子上。

夜罗惊恐:"你、你……你要做什么?"

衣锦锦看着怀里的小兽,笑得魅惑:"你又要做什么?"然后,恶作剧般用刀尖划过夜罗胸前的衣服,夜罗只觉得一阵酥麻,血气上涌。痒到不能忍受,猛然间鼻血竟喷出一地,大叫一声就晕了过去。

衣锦锦看着身下死猪一样的人,呆愣,这就晕了?

第二回合,夜罗惨败。

土堆上，夜罗鼻子里塞着一大团纸，托着腮发呆。

"怎么才能从衣锦锦身上取到血呢？"连日里这问题让他茶饭不思，还导致失眠。他顶着一个鸡窝头，脑子晕晕乎乎。

突然，衣锦锦从眼前走过，他本能地站起来就往衣锦锦那儿冲，奈何脚下被石头一绊就往前栽去。若是平日，他肯定不会被一块石头绊倒，但是他脑子正晕，反应就慢了半拍，眼瞅着就要摔倒。

突然，人影一闪，一只手将他拖住。

"想什么呢？"声音带着些责备。

他抬头，面前是衣锦锦微怒的脸。

"要不是我及时，你的眼睛就废了。"

夜罗低眼一瞅，刚才他倒的位置正好有截枯树枝。再看衣锦锦，右手上一缕红痕。

呃……那是……

"衣锦锦！你擦伤了！"

夜罗起死回生，赶紧从鼻子里拔出纸给衣锦锦擦："太好了，太好了。"

衣锦锦黑脸，告诉自己忍耐，忍耐……怎么可能！"砰"的一拳打出，某人鼻血横飞，躺在地上，只是还乐呵呵地嘟囔："太好了，太好了。"

第三回合，夜罗走狗屎运地赢了。

④ 女王出走

夜罗将血交给古河老师，然后炼成一种药水。古河老师告诉夜罗，只要在其中加入另一个人的血，再让衣锦锦喝下，衣锦锦就会喜欢上那个人。

夜罗犹豫了许久，才在里面加了自己的血。当天，他把衣锦锦约了出来，只等时机成熟，骗衣锦锦喝下去。可就在那天，公会出事了。

暗杀组织的人员资料被盗，看守资料的长老也昏迷不醒。

长老晕过去前说了一句话，让所有人大惊失色："凶手是衣锦锦。"

衣锦锦问心无愧,想到案发时自己正与夜罗在一起,便让夜罗为自己作证。

夜罗总觉得自己那时脑子一定是抽了,竟然以为衣锦锦离开公会,自己就能成为第一。于是,他咬牙说道:"没有。我没见过衣锦锦。"他低着头,不敢看面前的人是什么表情。

从来沉着的衣锦锦脸上竟然闪现一丝错愕,眼中有痛掠过,却又瞬间恢复平静。她没有如往常般揍夜罗一顿,只冷冷道:"我知道了,既然如此,我退出暗杀家族,直到真相大白。"

有什么在夜罗心上狠狠地撞了一下,他猛然抬头。

他是想超过她,让她出公会,可她真的要走了,他却慌了。周遭的空气似被夺走,夜罗有些呼吸困难,脑中也一片空白。他呆呆地看着衣锦锦与他擦肩而过,昂首挺胸地踏出公会,无人敢阻。自始至终,她没再看他一眼。一股自卑瞬间席卷了夜罗,他突然讨厌死了自己。

夜罗,你怎么这么无耻!

衣锦锦走后,公会主心骨没了,士气大落。公会成员出去做任务时,也总能碰到高等级怪兽,一时间公会损兵折将,人心惶惶。夜罗每日阴沉着脸,谁都不理,只闷头做任务,甚至S级别的任务也敢独揽,不要命一般。在这种劲头下,夜罗的积分大幅度增长,不到半年就快赶上衣锦锦了,俨然成了公会最强者。

"杜头儿他们回来了!"有人在门外喊,接着杜头儿一众就被人搀扶着进来。

"怎么回事?"有人问。

"遇上雪魅兽了,要不是衣锦锦,我就回不来了。"杜头儿喘着粗气,完全没注意提到衣锦锦时众人的脸色。

"你是说衣锦锦救了你?"夜罗的声音突然冷冷地响起。

杜头儿头皮发麻:"是。"夜罗讨厌衣锦锦,没人不知道,原以为夜罗会大发雷霆，可他却一言不发地转过身，一丝落寞的眼神在不经意间泄露了少年心事。

暗夜里，夜罗从怀中掏出个小瓶子，墨绿色的，盛着半瓶液体。那是古河老师给他的药，里面放的是衣锦锦和他的血。

当夜罗把自己的血交给古河老师的时候，他终于明白了一件事。

⑤ 蛮荒之岛遇险

虽然夜罗是家族老大的独子，但因为衣锦锦，他一直被轻视。无论什么事，衣锦锦总是做得比他好，所有人都爱拿他和衣锦锦比较。

于是从小，他就讨厌死了衣锦锦。

他会看衣锦锦在做什么，在说什么，喜欢什么，讨厌什么。他的视线一直追随着衣锦锦，所有人都以为夜罗最讨厌衣锦锦，连他自己也这么认为。但是古河老师的一瓶药让他意识到他一直错了。他从来都不想衣锦锦喜欢别人，他原来一直喜欢着她。

这件事太可怕，骄傲如他，在排名上已经落后于衣锦锦，在感情上也要缴械投降吗？于是，他唯一的想法是让衣锦锦离开，他不能接受喜欢衣锦锦的自己。所以他撒了谎，逼走了衣锦锦。可衣锦锦走了，他却不平静了，他拼命做任务只是想把她忘掉，可惜，看着排名榜上的那个人名，他怎么都忘不了。

终于，夜罗接了SSS级任务，护送暗杀学校学生去蛮荒之岛旅行，举座皆惊。

蛮荒之岛，因有很多猛兽而闻名，每年，公会的学生都会去那里学习。虽然任务等级很高，但是因为只是在外围学习，只要不闹出太大动静，便不会有危险。本来夜罗坚持自己去，老大担心，不肯。在两方僵持不下的时候，古河老师突然站了出来。

"蛮荒之岛是个锻炼学生的好地方，我身为老师，理所应当跟着一起去。"古河老师一番话说得合情合理，夜罗竟没办法反驳。

于是，双方各退一步，夜罗和古河老师带着大家一起去。

学习之旅要三天，白天大家在夜罗和古河老师的看护下辨识野兽和草药，偶尔也会找几只小兽让学生练手，晚上则扎营休息。

夜色深沉，夜罗躺在一棵树上，借着篝火打量手里的瓶子，并没发现古河老师悄悄离开了队伍，奔向了丛林深处。

半夜，正当众人熟睡之际，不远处突然传来一声怒吼，夜罗猛然惊起，一脸凝重。

"怎么了？"学生们闻声从帐篷里跑出来，如惊弓之鸟。

"全部到我身后藏起来！快！"夜罗大喊，以往的经验让他感觉到，这次来的东西恐怕不好对付。那些学生连衣服都顾不上穿好，就趴在了夜罗身后的草丛中，敛声屏气。

怒吼声阵阵传来，大地都开始颤动，不用看就知道是怎样可怕的怪物。夜罗从树间穿梭而去，等看清是何物时才大惊失色——暗影火龙。传说中SSS级别的存在！

"靠！"夜罗在心中咒骂，暗影火龙生活在蛮荒之岛的最深处，百年都不一定遇上一回，他怎么这么倒霉，一次就遇上了。夜罗咬牙，一脸凝重。这次要是不小心，所有人都会完蛋。

念及此，他一个跳跃，手中剑光直奔暗影火龙而去。火花迸射，夜罗感觉就像是砍在了铁板上，只留下浅浅的划痕。暗影火龙怒了，尾巴一甩就打在了夜罗胸口，夜罗一口血喷出老远。

危机感下，夜罗咬牙往旁边一闪，一柄利刃擦着他的腰划过。

待看清面前的人，夜罗大惊："古河老师！"

6 女王萌宠终养成

对面的古河老师面色阴沉，与平日判若两人。

古河冷笑两声:"我是亡灵公社的人。"

"亡灵公社!"那是暗杀家族的死对头。

古河无视夜罗越加阴沉的脸,道:"我用了三年才摸清暗杀家族的状况,真该谢谢你,要不是你给我衣锦锦的血,我也不能易容成她的样子,让长老毫无戒备,也因为你,衣锦锦才替我背了黑锅。那些成员资料真是有用,你们的弱点全都暴露了。"

夜罗咬牙切齿:"怪不得最近公会的人出任务总会遇到危险。"

一股怒意涌上心头,他真想把眼前的人大卸八块。原来一切都是这个人的计划,而自己无意中帮了他这么大的忙。

只是对方功夫不弱,加上自己已经受伤,夜罗拼了命才打了个平手。而另一侧,暗影金龙已经向学生们冲去。

尖叫声此起彼伏,夜罗心一急,手上动作乱了,古河趁机占了上风。

就在这千钧一发之际,突然"铿"的一声,一人奇迹般划破月空,立于暗影金龙前。湖水蓝的长发与月色争辉,一袭银色战甲上反射一双秋水冷冽的眼。

刀起龙落,时间静止,让人迷醉的可怕力量。

"衣锦锦!"夜罗全身的热血瞬间沸腾,他从没像现在这么高兴过,连伤口都不觉得疼了。没想到衣锦锦会来救他,他真想冲过去狠狠抱住她,打死都不放手。

衣锦锦却没工夫理他,暗杀女王的威名真正显现,她身形不断变换,将暗影火龙困在原地,手上刀影闪烁,刀刀见血且直中要害。

最大的麻烦被衣锦锦揽去,夜罗瞬间轻松,他看着脸色已经黑了的古河,一阵冷笑:"哼哼哼哼……"

此外,一个黑影由远及近,几个起落就来到夜罗身前,竟然是雷诺!

"你怎么会在这儿?"夜罗有点儿混乱。

雷诺挤挤眼:"衣锦锦走后我们一直有联系呀,她这段时间在外面调查,才发现古河和亡灵公社有关,而我们公会的人遇险,也都是亡灵公社暗中作祟。听说你这次和古河一起出任务,衣锦锦怕你有危险就跟过来了。"

　　夜罗热泪盈眶，衣锦锦，你果然在乎我。

　　突然，夜罗想到什么，一阵怪叫："等等！你说你们背着我有联系？"一记飞毛腿扫向雷诺，"你们怎么能背着我联系！你不知道朋友妻不可欺吗？"

　　雷诺无语："二爷，你又发什么疯！"

　　最终，亡灵公社和暗杀家族火拼了一把，暗杀家族在衣锦锦的带领下完胜，那只暗影金龙也被打回了老家。资料被盗的事真相大白后，衣锦锦重回了暗杀家族，只是夜罗被罚面壁一个月。

　　当衣锦锦看着第二名那和自己相差不多的积分榜时，拎着夜罗的领子，冷哼："这一段时间你挺努力的啊。"

　　夜罗抱大腿："错觉错觉，再努力也不可能超过女王大人。"

　　衣锦锦笑得毛骨悚然："喵，那你冤枉我的事……"

　　夜罗泪奔："大王，你说怎么办就怎么办……"

　　自此，衣锦锦依然高居排行榜第一，而身边多了一只叫二爷的人形跟宠……

经典重温

CHANG
XIA
BU
SHI

青玉眨了眨眼睛，见落白有些惊讶，她又噘起嘴巴说："刚才我被赤鳞困住的时候，你完全可以不救我，可你没那么做。""真拿你没办法。等我回来，笨蛋青玉。"落白笑起来。

——《伞妖大人是妹控》

葡萄点了点头："知道狐仙的真名字为什么不能告诉人类吗？因为不论离多远，只要念起她的名字，她就会随叫随到。所以你这个迷糊大王记好了，我的名字是……"

——《啪啪小狐仙》

而顾宇嘉的视线一直在跟着周美元，这个女生是自己隔壁班的，在学校总是时不时地会看见她，平时她总是阴着一张脸，独来独往。但是，他今天觉得，待在小朋友中间的她，周身好像都笼罩着一层光芒，看起来美极了。

——《美貌租赁师》

思文被她逗笑，心想，这个古怪女生，如果真是穿越而来的怪人，就由自己来把她调教成正常的现代人吧！谁让自己是"皇上"，应当有身为王者的气魄和担当。

——《皇上！臣妾是汐妃啊》

夜罗讨厌衣锦锦，没人不知道，原以为夜罗会大发雷霆，可他却一言不发地转过身，一丝落寞的眼神在不经意间泄露了少年心事。

——《千年老二很不爽》

并不是所有生物都惧怕死亡，有时候信仰比生命更重要。虽然信仰这种东西，在绝大多数人眼中，那是扯淡，坚持的人都是笨蛋。但是，世上令人感动的事，绝大多数都是笨蛋做的吧。

——《妖精住在芒果园》

每个人都无法预料到自己会遇上什么人，最后会是什么样的结局。但是当爱来临时，也许面对和珍惜就是我们唯一需要做的。

——《他来了推理继续》

外面传来麻雀的叫早，真正的路继回来了，他愣愣地看着双手，他明明看到这么大一只鸡向他的眼睛刺来，可是鸡不见了，他的眼睛还好好的。什么妖精，什么路诺，什么母鸡，都好似大梦一场。可又像失去了什么，心中留出一片空白。

——《闻君要起飞，本鸡好心碎》

贺弦呆了半晌，脸上的笑意渐渐凝固，再次开口，声音却轻了很多，带着微微的颤抖。"林……臻？"这一次，却再也没有人懒洋洋地喊他"笨蛋"了。

——《怒摔！人家穿越我穿针》

江衍的笑容僵硬了，抽着嘴角突然有些得意道："我看你长得挺喜庆的，还会卜卦算命，不然你就来当我的护身符吧！"

——《同学你有社恐症需校草一味帅气三钱》

谢逸挨了几下，捉住她的手与她十指相扣，"来，跟着我念，你要喜欢我一辈子。"付晚瞪了他一眼："一个月就失效了。""没关系啊，"谢逸笑，"我问过你妈了，她说这咒语可以重复使用，不限次数。你可以每天都对我说一遍。"

——《我才不管！乌鸦嘴也要心跳练习》

他将窗帘拉开，太阳的最后一丝光线落在他身上，他伸出手："我已经很久没触到阳光了，和你的名字一样，很暖。"

——《狭路相逢胆小扑》